Chris Fabry und Gary Chapman

Zwei Herzen im Winter

In kleinen Entscheidungen
liegt eine große Kraft

Über die Autoren:

Chris Fabry hat bereits rund 60 Bücher veröffentlicht. Unter anderem war er Koautor bei der „Finale für Teens"-Reihe. Außerdem moderiert er eine eigene Radiosendung, „Chris Fabry live!". Sein erster Roman „Dogwood" wurde mit dem renommierten „Christy Award" ausgezeichnet. Chris Fabry ist Vater von neun Kindern und lebt mit seiner Familie in Arizona.

Gary Chapman arbeitet als Seelsorger seiner Gemeinde. Er ist seit vielen Jahren ein international bekannter und gefragter Eheberater. Sein Buch „Die 5 Sprachen der Liebe" wurde weltweit zum Bestseller. Er hat zwei erwachsene Kinder und lebt mit seiner Frau Karolyn in North Carolina, USA.

Chris Fabry & Gary Chapman

Zwei Herzen im Winter

In kleinen Entscheidungen liegt eine große Kraft

Aus dem Englischen
übersetzt von Silvia Lutz

GerthMedien

MIX
Papier aus verantwortungsvollen Quellen
FSC
www.fsc.org
FSC® C017859

Verlagsgruppe Random House FSC® N001967
Das für dieses Buch verwendetet FSC®-zertifizierte Papier *EOS*
liefert Salzer, St. Pölten.

Die amerikanische Originalausgabe
erschien im Verlag Moody Publishers, USA,
unter dem Titel „A Marriage Carol".

Bestell-Nr. 816905
ISBN 978-3-86591-905-2
Lektorat: Verena Keil
Umschlaggestaltung: Julia Ryan; DesignByJulia.com /
Michael Wenserit
Umschlagfotos: iStockphoto.com
Satz: Greiner & Reichel, Köln
Druck und Verarbeitung: CPI Moravia

Für alle, die verwundet sind.
Für alle, denen kalt geworden ist, und für alle,
die kämpfen. Möge diese Geschichte ihnen Wärme,
Leben und vor allem Hoffnung schenken.

Ouvertüre

Ich weiß, was Sie sagen werden: Du hast den falschen Mann geheiratet.

Ich weiß das, weil ich das selbst gesagt habe. Aber das war vor dem Winter, in dem unsere Unzufriedenheit ihren Höhepunkt erreichte, und vor den Plänen, die wir an diesem Heiligabend hatten. Das war vor dem Schnee.

Der Schnee hat mich etwas gelehrt. Wenn wir es zulassen, lehrt er uns immer etwas.

Ich habe gelernt, dass es gefährlich ist, wenn einem die Augen geöffnet werden. Es ist gefährlich zu sehen. Es ist gefährlich zu lieben.

Wenn wir uns damals, vor so langer Zeit, nur *gemocht* hätten, wenn wir nur „Glück" gesucht hätten, wäre alles leichter. Wenn es einem nur darum geht, sich besser zu fühlen, kann man seine Sachen packen, weiterziehen, aus dem Zug aussteigen und sich nach etwas Neuem umschauen. Aber Liebe macht dich empfindlich für die Kälte. Liebe holt dich bei einem Schneesturm aus dem Haus. Inmitten einer zitternden, wackeligen Welt, in der alles aus den Fugen geraten ist und in der du nackt im bitterkalten Wind stehst und suchst, was unter dem Schnee vergraben ist.

Liebe kann man nicht planen. Wenn sie kommt, kann man sich nicht gegen sie entscheiden. Wahre Liebe hört nicht auf, wenn der andere weggeht. Du kannst einen Menschen, eine Familie, einen Ort in deinem Herzen verlassen, aber Narben und Erinnerungen lassen sich nicht ablegen wie benutzte Kleidung. Liebe, die echt ist, kann man nicht aufgeben, weil sie nicht aus uns selbst kommt, sondern aus einer unsichtbaren Quelle. Diese Quelle versorgt die Seele mit Nahrung.

Vielleicht sagen Sie jetzt, dass Sie nie wahre Liebe erfahren haben. Dass es von Anfang an falsch war. Oder dass Ihre Liebe im Laufe der Zeit erkaltet ist. Aber selbst wenn Liebe steinhart ist, kann sie nicht getötet werden; die Wasserquelle kann nicht abgeschnitten werden. Liebe findet immer einen Weg, selbst wenn die Tropfen zu Eis gefroren sind.

Ich habe erkannt: Unser Leben wird von unseren Entscheidungen bestimmt, und unsere Entscheidungen sind wie Schneeflocken, die sich um uns herum aufhäufen, bis die Wärme, die wir in uns gefühlt haben, einschläft, verwelkt und stirbt. Dann sind wir uns selbst und den Folgen unserer Entscheidungen überlassen. Das Herz wird zur Quelle und der Sonne und des Lebens hingezogen. Mit Liebe bewegen wir uns zielgerichtet und intuitiv. Ohne Liebe straucheln wir und suchen blind nach dem schmalen Weg.

Ich will Ihnen erzählen, was passiert ist. Auch wenn es schmerzvoll ist, will ich Ihnen die Wahrheit zeigen. Ich bete, dass Sie zuhören. Ich bete, dass Sie sich ein kleines bisschen öffnen. Ich bete für einen winzigen Spalt in Ihrem guten Herzen, für ein Funkeln in Ihren Augen oder etwas in Ihrem Bauch, das Ihnen sagt, dass dies der Weg ist – dass dieser Weg Sie durch die Schneewehen und über die aufgetürmten Berge in Ihrem Leben führt. Irgendetwas in Ihnen glaubt an Wunder: dass der Tod – auch wenn es einem so vorkommt – nicht das Ende ist. Dass etwas, das in einem Grab liegt, wiederauferstehen kann.

Ich träumte von der Liebe wie von einer Erinnerung. Ich berührte den Spiegel und wischte den Dampf weg, um mein verschwommenes Spiegelbild im Nebel zu sehen. Ich sehnte mich nach einer klaren Sicht auf das Leben. Diese Sicht wurde mir geschenkt. Was ich dabei in mir sah, war eine kahle, dürre Wüste.

Es gibt auf der Erde keine kahle Stelle, an der die Liebe nicht einen Garten aufblühen lassen kann. Nicht einmal unser Herz ist davon ausgenommen.

1. Akt
Die Abkürzung

„Wann sagen wir es den Kindern?“

Er stellte diese Frage ohne Gefühlsregung, ohne Emotionen, ohne diese Worte besonders zu betonen. Er sagte es, als frage er nach dem aktuellen Aktienkurs von Microsoft. Es waren seine ersten Worte nach fast zwanzig Minuten, die wir gemeinsam im Auto saßen. An unserem Hochzeitstag.

„Nach Weihnachten“, sagte ich genauso nüchtern und kalt wie er. „Heute Abend und morgen noch nicht.“

„Glaubst du nicht, dass sie es inzwischen wissen? Dass sie wenigstens ahnen, dass etwas im Gange ist?“

„David nicht, er ist noch zu jung. Justin stellt Fragen und schaut mich manchmal seltsam an; er wird es verkraften. Wirklich Sorgen mache ich mir um Becca.“

„Kinder sind widerstandsfähig. Wenn sie es noch

nicht wissen, werden sie es verstehen. So ist es das Beste. Für uns alle."

Ich hoffte, er hatte recht.

„Jetzt können sie jedes Jahr zweimal Weihnachten feiern", sagte er.

Die Scheibenwischer bewegten sich in ihrem eigenen Rhythmus, während der Schnee in dicken Flocken vom Himmel fiel. Die Landschaft war aufgrund der Schneefälle in den vergangenen Tagen unter einer weißen Decke verschwunden. Die Straße – besser gesagt, die wenigen Stellen, an denen man die Straße sehen konnte – glänzte aufgrund der Feuchtigkeit und der sinkenden Temperaturen heimtückisch. Die Autos fuhren vor uns im Schneckentempo eine Steigung hinauf. Jacob gab Gas, fuhr zu dicht hinter dem Auto vor uns auf und suchte eine Gelegenheit, um zu überholen.

„Bist du sicher, dass er in seiner Kanzlei ist?", fragte ich, während ich ängstlich aus dem Fenster schaute und mich gegen einen Auffahrunfall wappnete. „Bei diesem Wetter? An Heiligabend?"

„Er ist noch da. Ich habe angerufen, bevor wir losgefahren sind. Die Papiere sind fertig."

„Hat er eine Familie?", fragte ich.

„Was?“ Er sagte das mit einer kräftigen Portion Herablassung in der Stimme und setzte einen Blick auf, den ich nicht ertragen konnte. Auf diesen Blick konnte ich für den Rest meines Lebens verzichten.

„Hat er eine Familie? Eine Frau? Kinder?“

„Keine Ahnung.“ Es klang noch herablassender. „Ich wusste nicht, dass das eine Vorbedingung für dich ist.“

„Ist es auch nicht. Mich hätte es nur interessiert. An Heiligabend arbeiten ... Kein Wunder, dass er Scheidungsanwalt ist.“

Das Schweigen wurde ihm jetzt zu viel und er schaltete das Autoradio ein. Es überraschte mich, dass er das nicht schon früher getan hatte. Die Uhr zeigte 15:18 an. Der Rundfunksprecher beendete gerade seine Ansage. Es folgten ein Werbespot über ein verstellbares Bett, Verkehrsmeldungen und der Wetterbericht. Stau auf den Hauptstraßen und weiterhin kaltes Wetter wurden gemeldet und ein noch weißeres Weihnachten angekündigt. Zehn bis zwanzig Zentimeter Neuschnee in den nächsten Stunden. Vielleicht noch mehr. Eine Kaltfront würde heranziehen und noch stärkere Niederschläge in den höheren Lagen mit sich bringen.

„Können wir einen anderen Sender hören?“, fragte ich.

Er unterdrückte ein Schnauben und drückte die UKW-Taste. Es war sein Auto; unter der UKW-Taste war also kein Sender gespeichert. Er drückte auf „Sendersuchlauf".

Er runzelte die Stirn. „Drück auf die Taste, wenn dir etwas gefällt."

Gene Autrys Stimme ertönte mit dem Song *Rudolph the Red-Nosed Reindeer.* Dieses Lied weckte in mir eine schmerzliche Sehnsucht nach unseren Kindern. Besonders nach David, der immer noch an den Weihnachtsmann und Rentiere glaubte. Auf dem nächsten Sender sang José Feliciano *Feliz Navidad.* Dann erschien auf dem Display der Name eines christlichen Radiosenders, der gerade eine Version von „Stille Nacht" spielte. Diesen Sender konnte ich nicht hören, weil ich mich wegen unserer Pläne schuldig fühlte.

Paul McCartney sang, dass die Stimmung passe und alle gut gelaunt seien und einfach ein wunderbares Weihnachten hätten. Ich wünschte, das könnte ich auch sagen. Die Band „Journey" sang: „Hör nicht auf zu glauben", aber damit hatte ich vor langer Zeit aufgehört, zumindest, was unsere Ehe betraf. So hatten wir das vor zwanzig Jahren nicht geplant, auch wenn der Schneesturm damals ähnlich war. Auf den Tag genau zwanzig Jahre, nachdem ich in einem Kleid, das meine Mutter und ich ausgesucht hatten, zum Altar geschritten war, trug ich jetzt eine Jeans, ein altes T-Shirt und einen Mantel und fuhr über eine schneeglatte Straße auf eine Scheidung in beiderseitigem Einvernehmen zu.

Die drei Kinder und der Vogel würden bei mir wohnen (ein Hund machte zu viel Unordnung und Jacob hat eine Allergie gegen Katzen). Er würde nach Neujahr in eine eigene Wohnung ziehen. Jacob versprach, dass er sich weiterhin mit um die Kinder kümmern würde. Es gab keine andere Frau, soweit ich wusste. Das war nicht unser Problem. Die Probleme reichten viel tiefer als nur Untreue.

Als ich den Sänger Imogen Heap hörte, drückte ich auf die Taste. Endlich überhaupt nichts Weihnachtliches. Eine eigenwillige Musik und eine künstliche Stimme erklangen, die meine Gedanken von der Gegenwart ablenkten. Das soll angeblich ein Geschenk sein, habe ich gehört.

„Ich habe von dieser Straße genug“, sagte Jacob. „Ich nehme die Abkürzung.“

„Über den Bergpass? Bei diesem Wetter?“ Zwei kritische Fragen auf seine kurze sachliche Aussage.

„Dieser Weg ist nur halb so lang. Auf dem Pass ist niemand unterwegs."

„Meinst du nicht, wir sollten auf der Straße bleiben, die sie geräumt haben?"

Er ignorierte meinen Einwand und bog scharf nach links ab. Das hintere Ende des Autos rutschte nach rechts. Ich klammerte mich instinktiv am Türgriff fest, als er gegensteuerte. Ich erntete das typische Jacob-Kopfschütteln. Das Kopfschütteln war wie immer begleitet von sich verdrehenden Augen und einem Seufzen.

„Vertrau mir ausnahmsweise", sagte er.

Ich wollte eine Million kleine Beispiele aufzählen, bei denen ich versucht hatte, ihm zu vertrauen. Eine Million Beispiele, bei denen er mich enttäuscht hatte. Zwanzig Jahre lang hatte ich Gründe gesucht, mein Vertrauen ganz auf ihn zu setzen. Aber wie vertraut man jemandem, der das Vertrauen verspielt hat? Es gab Augenblicke, in denen Zuneigung aufgeflackert war, Rosen als Entschuldigung, aber die Rosen verwelkten und starben. Und dann waren wir in diese Richtung abgebogen, er auf der Hauptstraße und ich auf der Nebenfahrbahn, getrennt, aber immer noch mehr oder weniger in derselben Richtung. Zwei

Monde, die um denselben Planeten kreisten, aber selten die Umlaufbahn des anderen kreuzten.

„Ich will nicht, dass die Kinder auf unsere Beerdigung gehen müssen“, murmelte ich.

Er trat mit voller Wucht auf die Bremse und mir entfuhr ein lauter Schrei, als wir erneut zu schlingern anfingen. Eine passiv-aggressive Fahrweise ist seine Spezialität.

„Gut, ich wende.“

Ich hielt mir mit beiden Händen den Kopf. Tränen traten mir in die Augen. Ich schaltete das Autoradio aus und hörte mich sagen: „Nein, fahr einfach weiter.“

❄

Diese Bergstraße war früher meine Lieblingsstrecke gewesen. Im Sommer, wenn die Bergwiesen in voller Blüte standen, hatte ich, als Becca noch klein gewesen war, oft die Abkürzung über den Berg genommen, um ihr zu zeigen, wie andere Menschen leben – nicht in Häuser eingepfercht, die so dicht nebeneinanderstehen, dass man kaum atmen kann, sondern neben großen Blumenwiesen mit grasenden Kühen und Pferden, die das frische Gras genießen. Ich beneidete die Menschen in den Bergen, die nicht so sehr in einem Hamsterrad leben, sondern mehr mit der Erde verbunden sind. Als Kind träumte ich davon, auf einem Pferdehof zu leben, jeden Tag zu reiten, Boxen auszumisten und sie mit Hafer und Äpfeln zu füttern. Aber diese Träume starben eines langsamen Todes und es ragten nur noch vier Hufe aus dem gefrorenen Schnee heraus, zusammen mit dem Traum von einer glücklichen Familie, einer guten Ehe, der Erfüllung und einer lebenslangen Liebe.

Jacob schaltete das Radio ein, während wir stetig bergauf fuhren; ihn störte offensichtlich wieder die Stille zwischen uns. Sprüche über den Weihnachtsmann und der stündliche Wetterbericht wurden von einer Meldung unterbrochen: Durch einen Auffahrunfall, in den neun Autos verwickelt waren, wurde die Hauptstraße voll gesperrt.

„Ich habe dir ja gesagt, dass es vernünftig ist, über den Pass zu fahren", sagte er. Ich würde es nicht selbstgefällig nennen. Jacob war nicht der Typ, der selbstgefällig war. Er strahlte vielmehr eine unglaubliche Gleichgültigkeit aus. Vielleicht war das der Grund. Er war der Fluss, der gleichgültig und ungerührt dahinfloss, während ich die Straße war. Die Leidenschaft war fort. War sie je da gewesen? Es ist schwer, sich an ein Feuer zu erinnern, wenn die Glut unter dem Schnee begraben ist. Ja, früher hatte es sie einmal gegeben. Aber Dinosaurier hatte es auch einmal gegeben.

Man hatte uns geraten, dass es besser wäre, uns zu einigen, wie wir alles aufteilen wollten – das Haus, die Autos und die Kinder –, bevor wir vor Gericht gingen. Der Anwalt würde mich vertreten, da er nicht uns beide vertreten konnte, also hatten wir einvernehmlich geregelt, wer was bekommen sollte – bis zum Vogel und zu unseren Handys. Denn wenn das Gericht erst einmal mitbestimmt, wer den Beistelltisch bekommt und wie die Besuchsrechte aussehen, geht alles ziemlich schnell den Bach hinunter. Und die Leidtragenden sind immer die Kinder.

„Überlassen Sie die Entscheidung über die Zukunft Ihrer Familie nicht einem Richter", hatte der Anwalt bei unserem letzten Gespräch gesagt. „Ein Richter will nicht der Vater oder die Mutter sein. Er will, dass Sie einen Plan erstellen, der für die Kinder am besten ist. Tun Sie das jetzt, dann ersparen Sie sich den Schmerz, das in einem Gerichtssaal aushandeln zu müssen. Sie wollen doch bestimmt nicht, dass ein Richter entscheidet, wer wie viel Zeit mit den Kindern bekommt."

Wir taten, was das Beste war. Wir benahmen uns wie Erwachsene und versuchten, den Schmerz über unsere Entscheidungen und die Veränderungen, die uns zu so verschiedenen Menschen gemacht hatten, zu verdrängen. Wir ersparten unseren Kindern mehr Schmerz, indem wir ihnen einen Einblick in die Horrorvision, zu der sich unsere Ehe entwickelt hatte, vorenthielten. Wir saßen am selben Esstisch und waren meilenweit voneinander getrennt, in einer bitteren Beziehungskälte erstarrt, und bewegten uns auf gefährlich dünnem Eis. Und jetzt bemühten wir uns, verantwortungsbewusst zu handeln; wir zogen die Familie vom Eis, bevor die Eisfläche unter uns einbrach. Wir ersparten Jacob auch viel Geld – und das war ihm wirklich wichtig. Wenn er im Supermarkt eine billige Scheidung hätte kaufen können, hätte er das getan. Und er hätte auch einen Rabattgutschein eingelöst.

„Erinnert dich das an was?“, fragte Jacob. Seine Stimme riss mich aus meinen Gedanken.

„Der Werbespot?“

„Nein, der Schnee. Erinnert dich das an irgendetwas aus der Vergangenheit?“

„Es ist genauso wie bei unserer Hochzeitsreise“, sagte ich gleichgültig.

„Schon damals hast du meinem Fahrkönnen nicht getraut."

„Meine Sorgen hatten nichts mit deinem Fahrkönnen zu tun."

„Was soll das jetzt wieder heißen?"

Ein schweres Seufzen. „Nichts. Ich hatte in jener Nacht Angst."

„Angst? Vor mir?"

„Angst vor dem, was wir getan hatten. Dass es nicht halten würde. Dass ich nicht die Frau würde sein können, die du wolltest."

„Oder dass ich nicht der Mann sein würde, den du wolltest. Diese Ängste haben sich offensichtlich bewahrheitet", sagte er und streute damit Salz in die offene Wunde.

„Ja. Es hat nur länger gedauert, als ich erwartet hatte", sagte ich und starrte dabei aus dem Fenster in die Dunkelheit hinaus. Wolken hielten das Sonnenlicht zurück und hingen wie düstere Schatten über uns. Wir fuhren immer höher, in die unberührten, unbefleckten Höhen des Berges hinauf.

Er schüttelte den Kopf und drehte die Lautstärke des Radios ein wenig zurück. „Falls es dich noch interessiert: Es tut mir leid, dass es so gekommen ist."

Diese Worte kamen aus heiterem Himmel und klangen fast ehrlich. Ich drehte mich zu ihm und stellte fest, dass er mich anschaute. Wir waren fast noch Kinder gewesen, als wir heirateten. Das war eine Ursache für unsere Probleme. Der Satz „Ja, ich will" hatte wie die berühmten letzten Worte geklungen. Seine Haare, die früher dicht und lockig gewesen waren, hatten sich grau verfärbt und waren vom unnachgiebigen Zuchtmeister der Zeit immer weiter zurückgedrängt worden. Er weigerte sich, Kontaktlinsen zu tragen, und bevorzugte einen Brillenstil, der zwischenzeitlich genauso unmodern, aber mittlerweile wieder modern geworden war – wie meine Lieblingsschuhe. Er hatte Krähenfüße in den Augenwinkeln und rosige Wangen, die aufgedunsen und blass geworden waren. Ein objektiver Betrachter hätte gesagt, dass er immer noch gut aussah. Aber ich war kein objektiver Betrachter.

„Deine Schwester hat angerufen, bevor wir losgefahren sind", sagte er und wechselte während meiner vielsagenden Pause das Thema. „Ich habe ihr gesagt, dass du sie zurückrufst."

Meine Schwester. Die christliche Mutter. Liebevoll, geduldig und immer freundlich. Und doch so unnahbar. So sehr sie es auch behauptete, konnte sie unsere

Probleme nicht verstehen. Und sie hatte sich auch noch unseren Eltern anvertrauen und ihnen verraten müssen, dass wir Probleme in unserer Ehe hatten. Das war einfach unglaublich.

Er schaute mich an, aber ich konnte ihm nicht in die Augen schauen. „Ich rufe sie an, wenn wir die Papiere unterschrieben haben."

❄

Seine Augen waren mir zu viel. Zu blau. Fast durchdringend. Sie waren das Erste, was mir an ihm aufgefallen war. Diese Augen, die scheinbar fast bis in die Seele hineinschauen konnten.

Als ich aufblickte, näherten wir uns einer Kurve, und durch den Dunst und den wehenden Schnee hindurch sah ich zwei Scheinwerfer, die wie unsere bevorstehende Zukunft unaufhaltsam auf uns zukamen. Ich konnte nicht schreien, ich konnte nicht sprechen, ich warf nur eine Hand nach vorne und fuchtelte wie wild.

Er reagierte instinktiv. Sein Fuß trat auf das Bremspedal. Er riss das Lenkrad auf die eine Seite und dann auf die andere. Wir gerieten ins Schleudern. Die Hupe eines Lastwagens. Jacob streckte die Hand nach mir aus.

Wir drehten uns.

Gewichtslos.

Außer Kontrolle.

Eine Schneekugel, die erschüttert wird und fällt.

2. Akt
Allein

Ich wachte auf. Mir war kalt und ich war allein. Die Schlüssel hingen immer noch baumelnd am Zündschloss. Beißender Rauch erfüllte das Auto. Die Airbags waren ausgelöst worden und hingen jetzt wie leblose Soldaten da. Die Windschutzscheibe war zertrümmert und die Seitenscheiben waren zugefroren. Ich kam mir vor wie in einem Auto-Iglu. Ich rieb mit einer Hand über das Eis auf der Scheibe, musste aber mit dem Fingernagel kratzen, um etwas zu sehen. Draußen war nichts als hoher Schnee. Die Beifahrertür ließ sich nicht öffnen.

Ich kletterte zur Fahrerseite hinüber und öffnete die Tür. Das Warnsignal verriet mir, dass der Schlüssel immer noch in der Zündung steckte.

„Jacob?“

Nichts als das stumme Geräusch von fallendem, nassem Schnee. Das Auto war in einer Schneewehe stecken geblieben, zwischen mehreren dürren Birken, die neben der Kurve wuchsen, aber von meinem Mann war keine Spur zu sehen. Ich suchte auf seiner Seite des Autos nach Fußspuren, aber ich fand keine.

Ich zog die Füße ins Auto zurück, schloss die Tür und betastete meinen Kopf. Keine nennenswerten Beulen. Ich zog den Rückspiegel nach unten, um zu sehen, ob ich mir eine Hauptschlagader verletzt hatte, aber der Spiegel brach in meiner Hand ab. Kein Blut, aber der Spiegel zeigte Linien und Falten, die mir bis jetzt nicht aufgefallen waren. Dank eines Tönungsmittels hatten meine Haare immer noch ein tiefes Kastanienbraun. Braune Augen, die müde und leer aussahen. Kein Make-up, nicht einmal Lippenstift. Wenn ich eine Kopfbedeckung getragen hätte, hätte ich die Titelseite eines Amisch-Romans zieren können.

Ich drehte den Zündschlüssel. Der Motor stotterte, hustete und nieste, aber er sprang nicht an. Mein Atem bildete einen Nebel, als ich ausatmete, und meine Hände verwandelten sich schnell in Eis. Ich öffnete wieder die Tür und schrie nach meinem Mann. Aber ich hörte nichts als das Echo meiner Stimme und das lautlose Fallen des Schnees.

Ich kramte in meiner Hosentasche und zog mein

Handy heraus. Ich konnte den Kindern sagen, dass wir einen Unfall gehabt hatten, und dann bei der Rettungsleitstelle anrufen. In dieser Gegend gab es kein Netz. Das Handy hatte keinen Empfang.

Deshalb war Jacob wahrscheinlich weggegangen. Er suchte eine Stelle, an der er telefonieren und Hilfe holen konnte. *Aber warum ließ er mich allein, ohne es mir zu sagen?*

Meine Zähne klapperten. Jedes Mal, wenn ich meine Hände in meinen Mantel steckte, fühlten sie sich kälter an. Die Wolkendecke verbarg die Sonne, ließ aber genug Licht durch, sodass ich die Landschaft sehen konnte. Durch den immer stärker werdenden Schneefall sah ich Erhebungen und Bäume, dichte Waldgebiete und Wiesen, die mit einer dicken Schneeschicht bedeckt waren. An einigen Stellen, an denen der Wind stärker wehte, war der Schnee mannshoch.

Ich nahm die Schlüssel und brach zu Fuß auf. Ich schaute um die Kurve und den Berg hinab, ob der Sattelzug irgendwo zu sehen war. Die Straße war unter der obersten Schneeschicht eine einzige Eisplatte, und ich bereute, dass ich keine Winterstiefel angezogen hatte. Vielleicht war Jacob dem Lastwagen gefolgt und versuchte, dem Fahrer zu helfen, der zweifellos in den

Abgrund gestürzt war. Als ich um die Kurve unterhalb der Stelle, an der wir ins Schleudern geraten waren, bog, rechnete ich damit, Scheinwerfer im Nebel und den verstreuten Inhalt des Lastwagens zu sehen, aber die Straße war leer. Nirgends waren Spuren von Lastwagenreifen, die ins Schleudern geraten waren, zu sehen, nur unsere eigenen Fahrspuren konnte ich erkennen. Kein klaffendes Loch im Stacheldrahtzaun. Kein toter Fahrer.

„Jacob!", brüllte ich. Meine Stimme hallte von den nassen Hängen und Bäumen wider. Das Einzige, das schlimmer war als die Stimme meines Mannes zu hören, war, die Stimme meines Mannes *nicht* zu hören.

Mein Handy hatte immer noch keinen Empfang und der Akku war fast leer. Die Dunkelheit brach schnell herein, und die Kälte breitete sich von meinen Fingern und Zehen über meinen ganzen Körper aus. Die einzigen Fußspuren, die vom Auto wegführten, waren meine eigenen. Ich ging in ihnen zurück. Wir hatten uns um 360 Grad gedreht und dann noch einmal um 180 Grad, was dazu geführt hatte, dass wir in der Schneewehe vor den Bäumen stecken geblieben waren. Außer den ausgelösten Airbags und der zerbrochenen Windschutzscheibe schien nichts beschädigt zu sein, aber in diesem Moment galt meine Sorge nicht dem Auto.

Durch die Bäume und den Schnee erkannte ich jetzt einen kleinen Lichtschein, ein schwaches Leuchten weiter oben auf dem Berg. Wenn das ein Haus war, musste es auch eine Straße dorthin geben, aber ein schneller Blick auf die kurvenreiche Straße, die bergauf und in die entgegengesetzte Richtung als die, in der das Haus stand, führte, ließ mich vermuten, dass der schnellste Weg zu Fuß über die Wiese und den Hang hinaufführte. Vielleicht war Jacob ja zu diesem Haus gelaufen, um Hilfe zu holen.

Ich warf meine Handtasche über meine Schulter und stapfte bergab, bekam zu viel Tempo und bremste, indem ich mich an einem Zaunpfosten festhielt. Ich kletterte durch den Stacheldrahtzaun und stolperte nach ein paar Schritten über etwas und stürzte. Dabei verstreute ich den ganzen Inhalt meiner Handtasche im Schnee. Mein Gesicht, meine Hände, meine Beine waren jetzt nass und taten weh. Der Wind wehte mir beißend ins Gesicht. Ich suchte mein Portemonnaie, mein Telefon und meine Schlüssel und ließ den Rest liegen. Ich zog so weit wie möglich den Reißverschluss meines Mantels zu und stapfte über die Wiese. Der

Schnee drang in meine Schuhe ein und meine Knöchel und Schienbeine waren die nächsten Opfer. In diesem Moment hätte ich viel für ein Paar von Jacobs unmodernen, langen Socken gegeben, wegen denen ich ständig an ihm herumkritisierte.

Als ich am Hang ankam, verlor ich den Lichtschein aus den Augen. Tote Blätter und trockene Zweige knackten und raschelten unter den Schneeschichten. Eine unheimliche Dunkelheit legte sich um mich, und ich wünschte, ich hätte eine Taschenlampe. Warum war ich nicht auf der Straße geblieben? Wenn die kleinen Bäume nicht gewesen wären, an denen ich mich hochziehen konnte, hätte ich vielleicht aufgegeben.

„Jacob?"

Eine riesige Krähe landete auf einem Baum über mir und krächzte laut. Das trieb mich an weiterzugehen. Ich war zu erschöpft, um einen Zweig abzubrechen und ihn nach dem Vogel zu werfen, und mir war zu kalt, um einen Schneeball zu formen. Die Krähe krächzte wieder, als ich mich am Baum festhielt und mich vorwärtszog. Dann breitete sie ihre Flügel aus und flog über die weiße Wiese, näherte sich schwankend wieder der Erde und ließ sich schließlich auf einem alten Baumstumpf nieder. Da sah ich das

Auto auf der Straße, dessen Scheinwerfer den Hang beleuchteten, als es um die Kurve bog und nicht einmal an der Stelle, an der unsere Reifenspuren von der Straße in die Schneewehe führten, das Tempo verlangsamte. Wenn ich auf der Straße geblieben wäre, hätte ich mich bemerkbar machen und das Auto zum Anhalten bewegen können. Ich würde mich dann wieder in einem warmen Auto befinden. Oder vielleicht auch im Auto eines Serienmörders …

❄

Wo ist dein Mann, wenn du ihn brauchst? Mich hatte der starke, schweigende Typ Mann nie beeindruckt, und auch nicht der Macho und Wochenendkämpfer, aber in diesem Moment hätte ich nichts gegen einen Wildschweinjäger gehabt, der mit seinen Gewehren prahlte und Bier aus Dosen trank, solange er mich auf die Arme genommen und den Rest des Weges getragen hätte.

Die Kälte und Nässe stachen mir ins Gesicht, und auch der Dornenstrauch, durch den ich mich weiter oben am Hang kämpfte, fügte mir Stiche zu. Ich wischte etwas Nasses von den Kratzern weg und mir traten

Tränen in die Augen. Meine Nase lief, meine Lippen waren taub, und meine Haare waren vom Schnee, der von den Bäumen fiel, ganz nass. Meine Oberschenkel, nicht gerade der schönste Teil an mir, brannten von dem langen Marsch bergauf, sie waren auch eiskalt und durchgefroren. Ich war froh, dass ich in diesem Moment keinen Spiegel hatte, denn ich hätte eine lange Therapie gebraucht, um dieses unauslöschliche Bild wieder loszuwerden.

Oben auf dem Berg sah ich in der Ferne wieder den warmen Lichtschein des Hauses. Trotz meiner erfrorenen Füße kämpfte ich mich durch eine große Schneewehe weiter zu dem gelben Schein vor. Mein Gesicht war so kalt, dass ich Angst hatte, meine Haut würde zerreißen, wenn ich den Mund aufmachte, um zu rufen. Deshalb setzte ich einfach einen Fuß vor den anderen. Ich näherte mich langsam dem Garten hinter dem Haus und hatte als einzigen Anhaltspunkt das Licht aus den hinteren Fenstern. Das Gestell für eine Kinderschaukel, das ich nicht gesehen hatte, verletzte mich an der Stirn, dann bahnte ich mir einen Weg um ein Rankgerüst herum, und schließlich gelangte ich zur Vorderseite des Hauses und auf einen freigeschaufelten, aber mit einer Eisschicht überzogenen Gehweg.

Eine Lampe in der Nähe der Einfahrt gab genug Licht ab, dass ich die Veranda, die um das ganze Haus herumführte, fand. Es war ein zweistöckiges Haus, groß und geräumig; oben auf der Treppe brannte ein Licht. Durch das vordere Fenster sah ich einen Weihnachtsbaum mit funkelnden, weißen Lichtern, der gut auf das Cover von „Schöner wohnen" gepasst hätte. Die Haustür mit den sechs kleinen Fensterscheiben war dunkelrot bemalt und hatte einen Türklopfer in der Form eines Verlobungsrings. Wenigstens sah es für mich so aus. Über dem Türklopfer hing ein schöner Kranz aus Tannen- und Mistelzweigen. Wenn mir nicht so kalt gewesen wäre, hätte ich diesen Anblick länger bewundert, aber ich hob meine eiskalte Hand, um zu klopfen. Als ich das tat, bewegte sich der Vorhang, der die kleinen Fenster neben der Tür bedeckte, leicht, und ein winziger Hund drückte seine Schnauze an die Glasscheibe und bellte.

❄

Ich hörte schwere Schritte auf einem Holzboden. Die Tür ging auf und ein älterer Mann stand vor mir, der mich sofort bat, in die Wärme des Hauses zu kommen.

Er war groß gewachsen und kräftig und sah aus wie ein Schauspieler, der immer für die Rolle des Präsidenten oder des wütenden Polizeichefs, der mit seinen Untergebenen nicht zufrieden ist, ausgewählt wird. Er griff nach einer Wolldecke und legte sie mir mit einer schnellen Bewegung über die Schultern.

„Sie frieren", sagte er, während er die Tür schloss und vor mir auf ein Knie ging. „Ich ziehe Ihnen die Schuhe aus und bringe Sie zum Feuer hinüber." Er zog mir die Schuhe aus und schob meine tropfnassen Socken von meinen Füßen. Ich schaute auf die kahle Stelle auf seinem Hinterkopf, wo die grauen Haare ein perfektes O oben auf seinem Kopf bildeten.

„Was machen Sie hier in der Gegend?"

„Wir hatten einen Unfall", antwortete ich mit klappernden Zähnen. „Ich kann meinen Mann nicht finden. Er ist nicht hier gewesen, oder?"

Er schüttelte den Kopf. „Bei diesem Schneesturm haben wir keinen Besuch. Was für einen Unfall?"

Ich erklärte ihm, was passiert war, und er hörte mir aufmerksam zu und legte meine Schuhe und Socken zum Trocknen über das Heizungsgitter. Er erhob sich mit einiger Mühe und schaute sich die Kratzer in meinem Gesicht an.

„Ich nehme auch an, dass er losgezogen ist, um Hilfe zu holen, und eine Stelle gesucht hat, an der er Handyempfang hat, genau wie Sie vermuten“, sagte er. „Wahrscheinlich macht er sich Sorgen um Sie.“

Wenn er sich solche Sorgen macht, warum hat er mich dann allein gelassen?

Wasser tropfte aus meinen Haaren auf den glänzenden Holzboden. Ich versuchte, auf dem Teppich stehen zu bleiben, um nicht den ganzen Boden nass zu machen. Sein Gesicht wirkte warm und freundlich.

„Machen Sie sich wegen des Schnees keine Sorgen. Schließlich ist es nur Wasser. Jetzt kommen Sie zum Feuer herüber. Dort ist es gemütlicher und wärmer.“

Ich rutschte auf dem Boden aus. Er nahm mich am Arm und führte mich ins Wohnzimmer. Er humpelte unübersehbar beim Gehen, und als wir einen Polstersessel mit Lederbezug erreichten, drehte er ihn zum Feuer. Drei riesige Holzscheite brannten und knisterten darin, und ihre Wärme und ihr Duft verstärkten in mir das Gefühl, willkommen zu sein. Und dieses Gefühl hüllte mich genauso wohlig ein wie die Wolldecke.

Der Alte forderte mich auf, mich in den Sessel zu setzen, zog einen Fußschemel heran und wickelte dann eine Decke von einem der Sofas über meine Beine und Füße. „Ich bin gleich wieder da und bringe Ihnen etwas, das Sie auch innerlich aufwärmt." Er ging, und der kleine Hund kam zurück. Es war ein winziger Yorkshireterrier. Er schnupperte an meinen Schuhen und Socken, tapste dann zum Sessel, stellte die Ohren auf und schaute mich fragend an, als wüsste er, was Schmerzen sind.

„Hey, du kleiner Kerl", sagte ich und hielt ihm eine Hand hin. Zuerst zögerte er noch und wich zurück. Er leckte seine Schnauze ab und gähnte, doch dann kam er näher, als ich ihm die Hände hinstreckte. Zuerst schnupperte er daran, dann setzte er sich wieder und schaute tief in meine Seele hinein, in alle Verletzungen und die Kälte, die darin saßen. Etwas an diesem Hund trieb mir Tränen in die Augen. Etwas, das ich nicht verstand, das ich nicht verstehen konnte. Jacob sagte, Hunde machten zu viel Arbeit. Zu viel Dreck. Er wollte keine Haare auf dem Sofa und keine Kratzer auf dem Fußboden und an den Türen.

„Wie ich sehe, haben Sie Reue schon kennengelernt", sagte der Mann, als er mit einem Handtuch zurückkam. Ich trocknete mir die Haare und ließ das Handtuch auf meinen Schultern liegen, um nichts nass zu machen. Er brachte mir Wollsocken, die ich dankbar anzog.

„Er ist wunderbar", sagte ich. „Sein Fell hat eine wunderschöne Farbe und glänzt unglaublich. Er ist so süß."

Er klopfte leicht auf meine Decke, und Reue sprang auf meinen Schoß, setzte sich, wedelte mit seinem Stummelschwanz und drückte seinen Rücken an mich, als würden wir uns schon ewig kennen. Ich lachte bei dem Gefühl, dass etwas so Reines und Unschuldiges sich freute, bei mir sitzen zu können. Der Hund leckte meine Hände ab, rollte sich dann auf meinen Beinen zusammen und drehte den Kopf zufrieden zum Feuer hin.

„Dürfte ich Ihr Telefon benutzen, um meine Kinder anzurufen?", fragte ich.

Er schaute mich mit einem schmerzlichen Blick an und nahm ein Telefon vom Tisch. Er drückte auf eine Taste und horchte. „Das Telefon geht schon den ganzen Nachmittag nicht. Wahrscheinlich sind die Leitungen zu sehr vereist. Und einen Handyempfang gibt es hier oben so gut wie überhaupt nicht."

„Was ist mit Ihrem Computer? Ich könnte …"

Er schmunzelte. „Tut mir leid, Madam. Das geht

auch nicht. Wir haben vor langer Zeit beschlossen, uns dieses Geld zu sparen. Aber ich fahre sofort los und suche Ihren Mann."

„Er heißt Jacob. Und ich bin Marlee Ebenezer. Danke, dass Sie mich so freundlich hier aufnehmen."

In der Küche pfiff der Teekessel. „Ich bin gleich wieder da", sagte er.

Ich streichelte dem Hund das Fell und schaute mich im Zimmer um. Außer meinem Ledersessel standen noch zwei andere Sofas und ein Zweisitzersofa um den Kamin herum. Am Kaminsims hingen ein einfacher Kranz und eine Schneekugel mit einem Kreuz. Bücherregale flankierten den Kamin. Es kostete mich einige Selbstbeherrschung, um nicht aufzustehen und mir die vielen Hundert Bücher, die dort standen, genauer anzuschauen, aber ich war zu zufrieden und mir war mit Reue auf meinem Schoß angenehm warm. Ich entdeckte Bilder von glücklich aussehenden Paaren, die in die Kamera lächelten. Die meisten dieser Bilder waren vor dem Kamin oder im Garten hinter dem Haus neben dem Rankgitter aufgenommen worden.

Auf einem Wohnzimmertisch stand eine einzige Kerze. Daneben lag ein Buch, das ein weiteres Buch mit rotem Einband verdeckte. Neben dem Kamin befanden sich die üblichen Utensilien: ein Schürhaken, eine Schaufel und ein Besen. Daneben standen auf dem Boden ein Topf mit einem langen Griff und darin standen zwei kleinere Töpfe, ebenfalls mit langen Griffen. Sie waren golden und sahen kaum benutzt aus.

Das Feuer knackte laut. Reue hob den Kopf und legte sich dann wieder gemütlich hin. Ein Gitter verhinderte, dass Funken in den Raum flogen.

Der Baum, der vor dem großen Fenster stand, war sehr eindrucksvoll, aber etwas an dem Zimmer war fremd, etwas, das ich nicht genau benennen konnte. Dann fiel es mir auf. Es war etwas, dass sich *nicht* in diesem Zimmer befand: ein Fernsehgerät. Es war keine Spur von einem Fernseher zu sehen.

„Ich habe Chili con Carne auf dem Ofen stehen", sagte der Mann, als er zurückkam. „Es ist bald fertig."

Er reichte mir zitternd eine große Tasse mit Untertasse. Der Teebeutel hing über die Seite und ich erkannte die vertrauten Farben meines Lieblingstees.

„Das ist Ingwer-Limone mit einem Tropfen Honig", erklärte mir der Mann.

„Genau, wie ich meinen Tee mag. Danke."

Die Tasse wärmte meinen ganzen Körper auf, und

Reue schnupperte an der Untertasse, als ich sie auf die Sessellehne stellte.

„Was sind das für Töpfe?“, fragte ich.

Er schaute mich einen Moment an und suchte nach den richtigen Worten. „Familienerbstücke. Ich erzähle Ihnen mehr darüber, wenn ich zurück bin. Lassen Sie sich von dem Tee aufwärmen, und wenn ich Ihren Mann gefunden habe, bringe ich Ihnen etwas von dem Chili.“

„Das ist sehr freundlich von Ihnen. Danke.“

Er lächelte mich an, bevor er in seinen Mantel schlüpfte, seinen Hut aufsetzte und in der Garage verschwand. Der Geruch des Tees weckte Erinnerungen in mir, Erinnerungen, die ich lieber nicht hochholen wollte: Auseinandersetzungen mit Jacob; meine bösen Worte und Wutausbrüche und das Schweigen eines Mannes, der sich mit etwas anderem als mit Liebe abgefunden hatte. Ich wollte diese Erinnerungen nicht mit dem Tee in Verbindung bringen, aber gegen manche Dinge ist man machtlos.

Mein Verstand arbeitete auf Hochtouren und malte sich aus, was auf der Straße alles passieren könnte. Klar, Jacob konnte allein weggegangen sein, um Hilfe zu holen, aber was war, wenn ein Auto kam und der

Fahrer nicht aufpasste? Wenn ihn irgendwo auf dieser Straße jemand angefahren hatte? Vielleicht hatte ihn aber auch der Lastwagenfahrer mitgenommen, um Hilfe zu holen.

Etwas knarrte über uns. Reues Körper spannte sich an und er stellte die Ohren auf. Im nächsten Moment sprang er von meinem Schoß und lief mit seinen kurzen Beinen die Treppe hinauf. Oben auf der Treppe verschwand er. Ich hörte nur seine Fußnägel auf dem Holzboden klacken.

❄

Der alte Mann kehrte zurück und hängte seinen Mantel und seinen Hut an den Garderobenständer im Flur. „Ich habe Ihr Auto gefunden, aber von Jacob war keine Spur zu sehen. Ich habe auch bei unseren Nachbarn nachgefragt. Die Straßen sind tückisch. Ich wäre beinahe stecken geblieben, obwohl ich ein Auto mit Allradantrieb habe." Er versuchte erneut, jemanden per Telefon zu erreichen, aber die Leitung war immer noch tot. „Vielleicht hat ihn jemand mit ins Tal genommen. Ich habe einen Zettel auf den Fahrersitz gelegt, auf den ich geschrieben habe, wo Sie sind. Und ich habe die

Warnblinkanlage eingeschaltet, aber die Batterie ist schon ziemlich schwach."

„Ich nehme an, mehr können wir im Moment nicht tun", sagte ich.

„Außer beten", sagte er.

Ich nickte. „Wahrscheinlich ist es so."

Er verschwand in der Küche und kam mit einer dampfenden Schale Chili con Carne und Maisbrot zurück, das so herrlich schmeckte, dass es mir auf der Zunge zerging. Er stieg mit einer anderen Schüssel die Treppe hinauf. Reue begrüßte ihn oben mit wedelndem Schwanz und tanzte auf dem Holzboden wie ein trainierter Zirkushund.

Ich hatte meine Schale leer gegessen, als er zurückkam und mir eine zweite Portion anbot, aber ich lehnte dankend ab, weil ich bereits gut gesättigt war. Er zog einen Stuhl neben mich und setzte sich. In seinen Händen hielt er seine eigene Schale und wärmte sich daran.

„Wer ist sonst noch hier?", fragte ich.

„Wie bitte?"

„Sie sagten ‚wir', als ich bei Ihnen ankam. ‚*Wir* haben keinen Besuch.' Und ich habe etwas gehört, während Sie fort waren."

„Außer meiner Frau und mir ist niemand hier. Sie ruht sich oben aus."

„Hat sie etwas?"

„Nichts, das nicht die Zeit und das Leben mit sich bringt." Er unterbrach sich und eine leichte Traurigkeit schwang in seiner Stimme mit. „Und was hat Sie hierher in diese Gegend geführt?"

Ich erklärte ihm, dass wir zu einem Anwalt unterwegs gewesen waren, um die Scheidungspapiere zu unterschreiben. Es hatte keinen Sinn, um den heißen Brei herumzureden. Ich schwieg, damit er diese Information verarbeiten konnte, und erwartete irgendwie eine Entschuldigung dafür, dass er nachgefragt hatte, aber er wirkte nicht schockiert.

„Planen Sie die Scheidung schon lange?", fragte er.

Ich erzählte ihm mehr über uns. Mehr, als ich wollte, aber es schien einfach aus mir herauszusprudeln. Und er unterbrach mich nicht.

„Dann sind Sie schon viele Jahre verheiratet. Was ist der Hauptgrund für die Scheidung? Hat Jacob Sie misshandelt?"

„Nein, er hat mich nicht misshandelt."

„Gibt es eine andere Frau?"

„Ich glaube nicht. Seine Geliebte ist seine Arbeit."

„Haben Sie es mit einer Eheberatung versucht?“

Ich nickte. „Ein paarmal. Einmal bei einem Pastor. Dann bei einem Psychotherapeuten. Vor ein paar Jahren fuhren wir sogar zu einem Eheseminar.“

Er beugte sich zum Wohnzimmertisch hinüber. „Haben Sie versucht …“

„Bücher zu lesen? Ich könnte Ihnen aufzählen, wie viele Bücher ich gelesen habe. Sie stapelten sich auf meinem Nachttisch. Ich habe sie mir im Auto auf CD angehört. Geben Sie mir bitte nicht noch ein Buch. Ich habe alles versucht. Ich habe sogar einmal bei einem Radiosender angerufen und um Rat gefragt. Nichts hilft. Wir passen einfach nicht zusammen.“

„Aber früher war das anders?“

„Am Anfang bestimmt. Am Anfang kann jeder verliebt bleiben, nehme ich an. Aber im Laufe der Jahre und durch die Kinder haben wir uns einfach auseinandergelebt. Er stürzte sich in seine Arbeit und in seine Hobbys und ich konzentrierte mich auf die Kinder.“

„Und jetzt, zwanzig Jahre später, sind Sie zwei Fremde.“

„Genau.“

„Erzählen Sie mir von Ihren Kindern? Wie alt sind sie?“

Während er sein Maisbrot in kleine Stücke riss und in das Chili tauchte, erzählte ich ihm alles. Bis dahin, was David im Badezimmer gesagt hatte, als er das Fliesenmuster auf dem Boden betrachtet hatte. Der Mann lachte mit mir und schüttelte den Kopf, als wäre David sein eigenes Enkelkind.

„Sie erwähnten einen Pastor", sagte er, während er seine leer gegessene Schale auf den Tisch stellte. „Wie sieht es mit Ihrem geistlichen Leben aus?"

Ich lachte, obwohl an dieser Frage nichts lustig war, und starrte ins Feuer. „Ich weiß, dass das nicht stimmt, aber es fühlt sich fast so an, als hätte ich kein Recht, mit Gott zu sprechen."

„Wie kommen Sie darauf?"

„Weil ich weiß, dass es eine Sünde ist, sich scheiden zu lassen. So wurde ich aufgezogen. Und wenn Gott auf dich sauer ist, hört er nicht mehr auf deine Gebete."

„Es stimmt, dass Gott Scheidung hasst. Aber das heißt nicht, dass man nicht mit ihm sprechen sollte. Er ist ein Gott, der vergibt. Einer der Gründe, warum er Scheidung hasst, ist der Schmerz und die Verletzungen, die eine Scheidung den Menschen, die er liebt, bereitet."

„Sie reden wie ein Pastor."

Er lächelte. „In gewisser Weise bin ich wahrscheinlich auch einer. Sie kamen über die Wiese, nicht wahr? Sie haben also das Schild vorne am Haus nicht gesehen."

„Welches Schild? Ich konnte keine zwei Meter weit sehen."

„Vor Jahren war dieses Haus ein Bestattungsunternehmen. Aber hier draußen liefen die Geschäfte nicht gut. Deshalb hat man das Haus verkauft. Wir haben es in ein Beratungszentrum verwandelt. Für Ehepaare, die Probleme haben. Für Menschen, die aufgegeben haben, oder Menschen, die sich einfach wieder näherkommen wollen." Er deutete auf die Bilder im Regal. „Das sind ein paar von diesen Leuten."

Ich konnte mir ein Lachen nicht verkneifen. „Das ist ja wirklich der Gipfel der Ironie. Ich suche Zuflucht in einem Eheberatungszentrum, das früher ein Bestattungsunternehmen war."

„Ich glaube nicht, dass es Zufall ist, dass Sie hier sind." In seiner Stimme lag eine unüberhörbare Gewissheit.

„Haben Sie diese ganzen Ehen gerettet?"

„Das war nicht ich. Und leider wurden nicht alle

gerettet. Die Menschen treffen ihre Entscheidungen selbst. Wir haben nicht in der Hand, was andere tun, aber wir können für sie da sein und sie begleiten. Viele standen kurz vor dem letzten Schritt, so wie Sie. Wenn Sie mich fragen, wurden Sie aus einem bestimmten Grund hierher geführt."

„Vielleicht war dieser Sattelschlepper aber auch Gottes Art, uns für das, was wir vorhatten, zu bestrafen."

„Ich würde es lieber als Weckruf sehen. Es ist nie zu spät, etwas Gutes für Ihre Ehe zu tun."

Ich schüttelte den Kopf. „Unsere Entscheidung steht fest. Es gibt keine Hoffnung mehr."

Er faltete seine knorrigen Hände und schaute die Bilder an. „Diesen Satz habe ich im Laufe der Jahre schon viele Male gehört. Und ich würde Ihnen gern etwas über die Hoffnung erzählen. Was halten Sie davon, wenn Sie und Ihr Mann sich an die Hoffnung klammern, die ich für Sie habe?"

„Ein Mann, den wir nicht einmal finden können?"

„Ein Mann, der das alles wahrscheinlich genauso wenig durchmachen will wie Sie."

„Wie können Sie das sagen? Sie kennen ihn doch nicht einmal. Und mich kennen Sie auch nicht."

Er spitzte die Lippen. „Ich sage das aufgrund meiner

Erfahrung. Die meisten Menschen wollen ihre Ehe nicht wegwerfen. Zwanzig Jahre zusammen etwas aufzubauen und dann viel Geld an Anwälte zu zahlen, ergibt irgendwie keinen Sinn."

„Darin gebe ich Ihnen recht. Der Anwalt, den Jacob gefunden hat, ist ziemlich billig. Der einzige Grund, warum Jacob bei mir bleiben würde, wäre, um Geld zu sparen. Aber nicht aus Liebe."

„Sie ziehen diese Scheidung also durch, obwohl Sie wissen, dass sie nicht die Lösung ist. Sie sehen nur keinen anderen Ausweg."

Obwohl ich das Thema wechseln wollte, konnte ich es nicht. Der alte Mann hatte meine innersten Gefühle angesprochen. Seine Fragen führten mich zu dem Schmerz und dem Gefühl, betrogen zu werden – und dies alles empfand ich, weil mein Mann mich einfach nicht *sah*. Weil er überhaupt nicht bemerkte, was ich alles tat, damit unser Leben funktionierte. Natürlich ging es Jacob genauso, und er fand, dass ich mich seit einer Weile nicht mehr ganz in unsere Beziehung einbrachte. Dass ich aufgegeben hatte und nichts mehr investierte. Dass ich in Gedanken woanders war, selbst wenn wir miteinander schliefen. Damit hatte er leider recht.

„Ich weiß, dass ich mit der Situation, in der ich mich befinde, nicht glücklich bin", sagte ich. „Und er auch nicht. Soll es darum nicht in einer Ehe gehen? Dass wir den anderen lieben sollen? Dass wir uns gegenseitig vervollständigen sollen? Gibt es nicht einen Bibelvers, in dem es heißt, dass Gott will, dass wir glücklich sind?"

Er rieb die Stoppeln an seinem Kinn. „Es gibt einen Bibelvers, in dem es heißt, dass Jesus gekommen ist, um uns Leben, und zwar Leben in Fülle, zu geben. Aber Gott ist nicht dafür da, um Sie und mich glücklich zu machen. Einige der engagiertesten Nachfolger Jesu, die ich je kennengelernt habe, leben in miserablen Verhältnissen."

„Gut, dass Sie kein Pastor sind, denn mit einer solchen Botschaft füllt man nicht unbedingt die Kirchenbänke oder den Klingelbeutel."

Er lächelte. „Das stimmt. Aber verstehen Sie mich richtig. Ich habe gesagt, dass ihre Verhältnisse miserabel waren. Aber sie waren zufrieden. Sie sahen, dass Gott trotz allem, was äußerlich passierte, in ihnen und durch sie wirkte."

„Ich glaube nicht, dass Gott bei uns wirkt. Er hat unsere Ehe vor langer Zeit verlassen. Ich folge ihm jetzt einfach zur Tür hinaus."

„Sind Sie *sicher*, dass er Sie verlassen hat?"

„Was wollen Sie damit sagen? Glauben Sie, dass Gott bei uns noch am Werk ist?"

„Vielleicht ist Gott Ihnen näher, als Sie ahnen. Auch dass er Sie hierhergeführt hat, legt für mich die Vermutung nahe, dass noch Hoffnung besteht."

„Ich weiß nicht, wie oft ich es noch sagen soll: *Es ist vorbei.* Er hat sich schon eine Wohnung gesucht. Ich bekomme das Haus und das Auto und wir teilen uns das Sorgerecht für die Kinder. Heute vor zwanzig Jahren haben wir diesen Weg begonnen und jetzt geht er zu Ende."

Die müden Augen des alten Mannes leuchteten auf. „Heute ist Ihr Hochzeitstag?"

„Ja. Wir dachten, es wäre romantisch, an Heiligabend zu heiraten. Was haben wir uns nur dabei gedacht? Seit die Kinder auf der Welt sind, konnten wir unseren Hochzeitstag nicht mehr feiern. Jetzt würden wir ihn natürlich sowieso nicht feiern."

Er stand auf und ging zum Kamin. „Interessant. Heute vor zwanzig Jahren geschah etwas Entscheidendes. Etwas, das Ihr Leben veränderte. Zwanzig Jahre später treffen Sie genau am selben Tag wieder eine richtungweisende Entscheidung."

„Es ist nur ein Datum im Kalender."

„Da bin ich mir nicht so sicher. Ein Datum ist wichtig. Und ein starker Schneefall hat auch eine Bedeutung. Im Schnee steckt Kraft."

„Jetzt kann ich Ihnen nicht mehr folgen. Wie meinen Sie das?"

„Sie haben bestimmt schon falschen Schnee in Filmen gesehen. Man erkennt es jedes Mal, wenn man so eine Szene sieht. Das Zeug fliegt herum. Es bleibt nicht kleben. Echter Schnee bleibt liegen. Das ist, wonach die Welt Hunger hat. Nach etwas, das bleibt. Nicht nach etwas, das vom Wind verweht wird."

Der alte Mann setzte sich ans Feuer und betrachtete die knisternden Holzscheite. Die Flammen flackerten und spiegelten sich in den polierten goldenen Töpfen und der Lichtschein tanzte über die Wände.

Ich versuchte, ihn von seinen Kommentaren über den Schnee abzulenken, und konzentrierte mich auf die Töpfe. „Diese Töpfe sehen alt aus."

Er nickte. „Das sind sie auch."

„Wozu benutzen Sie sie? Um Popcorn zu machen?"

Wieder funkelten seine Augen. „Ob Sie es glauben oder nicht, sie sind dafür da, um den Hoffnungslosen zu helfen, Ehepaaren ohne Zukunft, denen, die im

Geflecht aus der Vergangenheit und Zukunft gefangen sind."

„Sie lassen nicht zu, dass die Ehepaare sich damit gegenseitig die Köpfe einschlagen, oder?"

„Oh nein, auf keinen Fall!" Wir lachten beide und Reue tapste die Treppe herab, sprang auf den Schoß des alten Mannes und kuschelte sich an ihn.

„Wie können denn bloß zwei goldene Töpfe eine Ehe retten?"

„Es sind drei Töpfe. Ich kann Ihnen zeigen, wie sie helfen können, aber vorher brauche ich etwas von Ihnen."

„Und das wäre?"

„Sie müssen wollen."

„Was muss ich wollen?"

Er beugte sich vor, stützte die Ellbogen auf seine Knie und schaute mich mit durchdringenden Augen an. „Hoffen. Sich verändern. Diese Töpfe werden Ihnen eine neue Welt eröffnen. Keiner kann Sie zwingen, sie anzuschauen, aber wenn Sie es erst einmal tun, werden Sie unweigerlich darauf reagieren."

„Das klingt … seltsam."

Er legte den Kopf schief. „Das glaube ich gern. Und ich würde es Ihnen auch nicht verübeln, wenn Sie es nicht sehen wollen. Aber falls Sie sich dafür entscheiden, müssen Sie etwas tun."

„Das wäre …"

„Sie müssen an Ihre Ehe *glauben* wollen. Glauben, dass für Sie und Ihren Mann eine Zukunft möglich ist."

Ich schüttelte den Kopf. „Das kann ich nicht. Nicht nach allem, was wir durchgemacht haben."

Er kraulte dem Hund den Rücken. „Das verstehe ich. Aber ich hätte noch eine Frage. Ich habe Sie schon gefragt, ob es im Leben Ihres Mannes eine andere Frau gibt. Ich habe jedoch nicht gefragt, ob es in Ihrem Leben einen anderen Mann gibt."

Mein Gesicht errötete und ich kramte die ganze Entrüstung hervor, die ich aufbringen konnte. „Wie bitte? Wollen Sie mir irgendetwas unterstellen?"

Er schaute mich wortlos an.

„Wie können Sie mich beschuldigen, ich würde mich mit einem anderen Mann treffen, wenn Sie mich nicht einmal kennen?"

Er legte den Hund vor den warmen Kamin und stand auf. „Sie haben recht. Ich mische mich in Ihr Leben ein. Ich mache jetzt lieber ein Gästezimmer für Sie fertig."

„Nein, ich kann nicht bleiben." Ich warf die Decke zurück und stand auf. „Ich muss zu meinen Kindern nach Hause."

„Glauben Sie mir. Es ist zu gefährlich, um heute Abend noch zu versuchen, den Berg hinabzukommen. Die Straßen sind nahezu unpassierbar. Sobald die Telefonleitungen wieder in Ordnung sind, können Sie Ihre Familie anrufen."

„Was ist mit Ihren Nachbarn? Vielleicht funktioniert bei ihnen das Telefon."

„Ich habe mich bei unseren nächsten Nachbarn erkundigt, als ich vorhin unterwegs war, um Ihren Mann zu suchen. Sie haben auch keine Verbindung. Ich rechne damit, dass es eine Weile dauern könnte, bis …"

Mitten in seinem Satz flackerten die Lichter und es wurde dunkel. Reue winselte und sprang auf.

Draußen lag immer noch ein schwaches, weißes Licht über dem Land, aber das ganze Haus war dunkel geworden. Der Mann ging schnell in die Küche und kam mit einer Taschenlampe zurück und reichte sie mir. „Behalten Sie diese Lampe. Ich habe noch ein paar weitere für solche Gelegenheiten."

„Das ist ja unheimlich", sagte ich.

„Ach, das passiert oft. Kein Grund, sich Sorgen zu machen."

„Nein, das meinte ich nicht. Es ist unheimlich, weil in unserer Hochzeitsnacht auch der Strom ausfiel. Das hat uns zwar damals nicht gestört, aber es war die ganze Nacht finster."

Der Mann schwieg. Aber ich ahnte, dass ihn bestimmte Gedanken beschäftigten.

„Ich muss nach meiner Frau sehen", sagte er schließlich. „Dann mache ich in Ihrem Zimmer Feuer im Kamin, damit Sie nicht frieren, falls der Stromausfall länger dauert."

3. Akt
Die erste Entscheidung

Das Gästezimmer befand sich hinter der Küche im hinteren Teil des Hauses, auf dem Flur gegenüber der Speisekammer. Ein gemauerter Kamin nahm eine Wand ein und die andere Wand säumten ebenfalls Bücherregale. Aber das Eindrucksvollste in dem Zimmer war ein frei stehendes Bett mit Baldachin und Vorhängen rundherum. Es sah aus, als stamme es aus einem Geschichtenbuch aus dem vorletzten Jahrhundert. Obwohl das Zimmer idyllisch und warm war, fragte ich mich insgeheim, ob das der Raum war, in dem sie früher die Särge stehen hatten.

Der Mann sah meinen Blick. „Alles in diesem Haus wurde gespendet. Dieses Bett stammt von einer wohlhabenden Familie. Es war ein Erbstück von den Großeltern."

„Eine schöne Spende."

„Sie hatten wegen der Veränderungen, die ihr Aufenthalt hier bei ihnen ausgelöst hatte, das Gefühl, in unserer Schuld zu stehen. Sie wollten etwas zurückgeben."

Er stopfte ein zusammengeknülltes Zeitungspapier unter das Holz und zündete ein Streichholz an. Andere Holzscheite stapelten sich auf dem Boden neben dem Kamin, und er forderte mich auf, in der Nacht so viele Scheite ins Feuer zu legen, wie ich brauchte.

„Die Küche steht Ihnen zur freien Verfügung. Nehmen Sie sich, was Sie brauchen. Fühlen Sie sich wie zu Hause. Und auf der Arbeitsplatte steht eine Glocke. Wenn Sie damit läuten, komme ich. Nicht gerade wie der Blitz, aber so schnell ich kann. Ich schaue die ganze Nacht hindurch regelmäßig nach dem Wetter und halte die Augen nach Ihrem Mann offen."

Ich nahm das Telefon in die Hand, hörte aber nichts als ein lästiges Summen. Reue tapste herein und schaute mich mit schief gelegtem Kopf an.

„Es sieht so aus, als würde Ihnen hier jemand gern Gesellschaft leisten. In der Speisekammer auf der anderen Seite des Flurs ist Hundekuchen. Wenn Sie ihm davon etwas geben, freut er sich. Er kuschelt sich auch gern an Ihre Füße."

„Das wäre schön", sagte ich. Ich hob den winzigen Hund hoch und legte ihn auf die Decke. Er schaute zu mir hinauf und tat, als schlecke er. Als der Mann ging, sprang Reue vom Bett und folgte ihm.

„Warten Sie. Ich weiß nicht einmal, wie Sie heißen", sagte ich.

Der Mann drehte sich im Türrahmen um. Seine Stimme knisterte wie das Feuer. „Meine Frau nennt mich Jay."

Ich ging in die Speisekammer und fand einen Plastikbehälter mit Hundekuchen und öffnete ihn. Reue kam schnell angelaufen. Seine Nägel klackten auf dem Holzboden. Ich warf ein Stück Hundekuchen aufs Bett, und er winselte, bis ich ihn hochhob und aufs Bett setzte.

Ich ging ins Wohnzimmer zurück, wo ich sah, wie Jay ein Tablett nach oben trug. Als er oben ankam, blieb er stehen und schaute über das Treppengeländer herab. Er schaute mich an. Nein, er schaute fast durch mich hindurch.

„Brauchen Sie noch etwas?"

Tränen traten mir in die Augen, und ich fühlte, wie etwas in mir zitterte. *Und wenn ich der Sache doch eine Chance gebe? Wenn ich mich so weit öffne, dass ich in*

Erwägung ziehe, es könnte doch Hoffnung geben? Wäre das genug?

„Bleiben Sie, wo Sie sind", sagte er. „Ich bin gleich zurück."

❄

Jay holte die drei Töpfe von ihrem Platz und stellte sie vor dem Feuer auf. „Schnee ist Gottes Art, die Landschaft zu reinigen. Auf diese Weise macht er alles neu. Aber wenn er schmilzt, bringt er zum Vorschein, was darunterliegt. Was verborgen ist. Was wahr ist. Schmelzender Schnee legt bloß. Jede Schneeflocke ist wie eine Entscheidung, die wir treffen. Und die Entscheidungen türmen sich übereinander auf. Verstehen Sie, was ich meine?"

„Ich glaube schon, im übertragenen Sinn."

Das Licht des Feuers ließ sein Gesicht wie einen leuchtenden Sonnenuntergang nach einem Gewitter aussehen. „Die Entscheidungen, die Sie treffen, führen Ihr Herz näher zu Ihrem Mann hin oder von ihm weg; sie bleiben nie ohne Folgen."

„Kann man nicht einfach parallel nebeneinanderher laufen?"

„Haben Sie schon einmal versucht, ohne Hilfsmittel eine gerade Linie zu zeichnen? Sie wird immer eine leichte Krümmung haben, da keiner von uns perfekt ist. Es sieht also vielleicht so aus, als würden Sie sich parallel nebeneinanderher bewegen, aber in Wirklichkeit bewegen Sie sich auseinander oder aufeinander zu."

„Wie funktioniert das mit den Töpfen?"

Er nahm meine leere Tasse, die neben dem Sessel stand, und legte den benutzten Teebeutel beiseite. „Holen Sie damit ein wenig Schnee von draußen. Schaufeln Sie den Schnee mit den Händen in die Tasse. Drücken Sie den Schnee fest und holen Sie so viel, wie Sie können, der Schnee kann ruhig über den Rand quellen. Dann bringen Sie mir die Tasse."

Ich schlüpfte in meine Schuhe, die jetzt trocken und warm waren, und ging hinaus. Der Wind heulte und nasser Schnee wehte gegen das Haus. Etwas bewegte sich in der Dunkelheit.

„Jacob?"

Keine Antwort. Ich musste nicht weit gehen, um den Schnee zu holen, und obwohl ich mich beeilte, kam ich mir dabei irgendwie albern vor. Dieser alte Mann war wahrscheinlich unzurechnungsfähig. Vielleicht hatte er noch einen anderen ahnungslosen Reisenden oben in einem Schrank eingesperrt. Womöglich sogar Jacob. Warum hatte ich diesem alten Mann vertraut? Warum hatte ich mich von seinen freundlichen Worten anrühren lassen und warum hatte ich mich überreden lassen zu glauben, es könnte irgendeine Hoffnung geben?

Ich eilte wieder ins Haus und stellte meine Schuhe wieder über das Heizgitter, obwohl die Heizung wegen des Stromausfalls nicht funktionierte. Ich tröstete mich mit dem Gedanken, dass Serienmörder keine netten, kleinen Hunde haben, sondern gemeine Köter.

„Gut", sagte Jay. „Jetzt nehmen Sie den Topf und geben den Schnee hinein und halten ihn über das Feuer."

Ich bedachte ihn mit einem Blick, den normalerweise höchstens mein Mann und das Kind, das in meiner Küche ein Glas fallen lässt, zu sehen bekommen. „Das ist alles? Ich soll hier ein wenig Schnee schmelzen, und das soll mein Leben verändern?"

Er lächelte, als hätte er das schon öfter gehört, und reichte mir einen Holzlöffel. „Halten Sie den Topf über das Feuer und rühren Sie den schmelzenden Schnee um. Versuchen Sie es einfach."

„Ich muss nicht die Hacken zusammenschlagen und sagen, dass es nirgends so schön ist wie zu Hause?"

Krähenfüße in seinen Augenwinkeln. Altersflecken auf seinen Händen. Ein verstehender Blick. Ein Nicken.

Ich hielt den Topf über das Feuer und der Schnee vollzog diese langsame Verwandlung von weiß nach durchsichtig, bildete an den Rändern kleine Pfützen und setzte sich in Bewegung wie ein Eisberg auf einem wütenden Ozean. Ich rührte um. Leise Töne von Musik stiegen auf, ein Liederpotpourri aus der Vergangenheit drang an meine Ohren wie leichte Luftbewegungen vom Flügelschlag eines Vogels. „Promises Made, Promises Broken"*, von Dan Fogelberg. Ich erkannte auch andere Lieder, die wir in den Jahren, bevor wir geheiratet hatten, gehört hatten. Lieder, die wir entdeckt, die mein Herz angerührt hatten.

Dampf stieg wie Weihrauch auf, kräuselte sich im Kamin, schwebte unter dem Rauchabzug. Ich fühlte, wie ich davonglitt, wie ich schwankte und in einem unachtsamen Moment eingehüllt wurde. Ich stürzte nicht, ich sprang nicht, ich machte keine mystische Verwandlung durch; die Szene hüllte mich einfach

* Gegebenes Versprechen, gebrochenes Versprechen

ein, und ich wurde von dieser Erfahrung vollständig und unwiderruflich erfasst.

Szenen aus der Vergangenheit, Bilder von lachenden Kindern, Momente, die an einem bestimmten Zeitpunkt angehalten worden waren, umhüllten mich wie Schnee, zogen an mir vorbei und erwachten plötzlich zum Leben. Musik, Stimmen, Farben. Wie eine riesige Collage zog mein Leben an meinem inneren Auge vorbei. Ein Hund, den ich als Kind gekannt hatte; Muschelketten, die ich in der neunten Klasse getragen hatte; Popcorn, das ich im Kino verschüttet hatte; meine beste Freundin und ich, die spätabends Muffins aßen und mit Muffinresten zwischen den Zähnen in die Kamera lächelten; ich, wie ich weinend den Film „Am goldenen See“ anschaue; ein Meer aus Menschen, die sich in der Nähe einer Bühne von einem ohrenbetäubenden Konzert mitreißen ließen, und ich mittendrin …

„Da ist er“, sagte ich atemlos. Es war mehr ein Keuchen, als ich ihn erkannte. Da war mein Mann, wieder als junger Mann, seine Haare waren viel dunkler und voller, er hatte noch keine so hohe Stirn. Er war braun gebrannt und kräftig und voller Leben und mit einem Lächeln, bei dem mir schwer ums Herz wurde.

Die Jahre hatten ihm nach und nach sein Lächeln geraubt, sie hatten ihm das genommen, was früher unverwüstlich gewesen war. Viele lange Jahre waren vergangen, seit sein Anblick das letzte Mal etwas tief in mir angerührt hatte.

Während ich mir diese Bilder anschaute, begriff ich, dass in jedem von uns eine innere Sehnsucht nach einem früheren Ort und eine frühere Zeit wohnt, als die Zukunft sich wie eine grüne Weide endlos vor uns auszubreiten schien und uns in die Weite und Tiefe des Lebens einlud. Der Wunsch, einen solchen Platz zu finden, hallt wider und schwingt nach und erzeugt eine Sehnsucht nach etwas, das wir nie wiederholen können. Und doch stand ich hier und schaute in die Augen des Mannes, der mich in jener schönen Zeit fasziniert hatte.

„Marlee", rief er über den Schulhof. Noch bevor ich antworten konnte, stürmte eine viel jüngere Version von mir in seine Arme. Ich betrachtete mich aufmerksam: die dünnen Oberschenkel, die Breite meiner Hüften, besser gesagt, die fehlende Breite meiner Hüften, und die starke Umarmung. Der Unterschied war frappierend. Nicht so sehr der körperliche Unterschied zwischen damals und jetzt – obwohl es schon so aussah, als hätte ich damals an strategischen Körperstellen mehr Spannkraft besessen als jetzt –, sondern ich erkannte etwas ganz anderes: Ich sah, wie ich mich auf ihn zubewegte, mich von ihm in den Armen halten ließ, ihm Zugang in meine Seele gewährte. Ich hielt nichts zurück. Ich breitete vorbehaltlos die Arme aus und umarmte ihn. Ähnlich hielt auch er nichts zurück, und die Miene in seinem Gesicht, als er mich in die Arme nahm, strahlte reine Zufriedenheit aus.

„Ich habe dich vermisst", sagte er, während er mich hochhob und mich im Sonnenlicht im Kreis drehte.

„Wir haben heute Morgen miteinander gefrühstückt." Ich lachte.

„Genau. Das ist schon zu lange her."

Ich will nicht lügen. Etwas regte sich in meinem Bauch, als ich diese Szenen sah. Ich konnte nicht entscheiden, ob diese Reaktion der romantischen Liebe zwischen zwei von der Leidenschaft erfüllten jungen Leuten, die fast noch Kinder waren, zuzuschreiben war, oder ob ich so reagierte, weil ich diese Bilder damit verglich, was aus unserer gegenseitigen Anziehungskraft im Lauf der Zeit geworden war.

Als ich mich wieder der Szene zuwandte, hüllte mich ein leichter Nebel ein. Auf der Suche nach unserem früheren Leben ging ich durch diesen Nebel. Ich fand uns bei einem Spaziergang in der Nähe eines bekannten Sees. Wir ruhten uns auf dieser Bank mitten im Nirgendwo aus. Wir hatten Bilder von diesem Ort, die an verschiedenen Geburtstagen unserer Kinder entstanden waren. In den letzten fünf Jahren waren wir nicht mehr dort gewesen. Ich hörte seine Worte von damals, als bräche ein Wasserfall von Erinnerungen über mich herein. Er spielte nervös mit einem Blatt Papier, damit er die Worte nicht durcheinanderbrachte. Ich hielt mir die Hände auf den Mund und zitterte bei seinem rührenden Heiratsantrag.

Ich wollte laut schreien, „Vorsicht" brüllen, um die Ereignisse, die sich gleich abspielen würden, anzuhalten. Er fiel auf ein Knie und steckte mir den Ring an den Finger, Glückstränen und eine weitere lange Umarmung, die in einen Kuss überging, der so leidenschaftlich war, dass ich mich abwandte. Als ich wieder hinschaute, waren die Schatten am See dem Kerzenlicht in der kleinen Kirche, in der wir geheiratet hatten, gewichen. Das Kleid, die glatte Haut, die schlanken Gestalten unter dem Kleid und dem Smoking, die Stimme unseres Pastors, der uns aufforderte, uns zu lieben „bis dass der Tod euch scheidet".

Jacob hatte sein Eheversprechen selbst geschrieben. Seine tiefe, wohlklingende Stimme überbrückte die Zeit und mit aufgewühlten Gefühlen sagte er: „Deine Liebe hat mein Herz erobert. Solange es in meiner Brust schlägt, verspreche ich dir, werde ich nicht zulassen, dass sich in den Jahren, die vor uns liegen, etwas zwischen uns und unsere Liebe stellt. Denn nur die kalten Hände des Todes werden uns trennen können."

Ich kniff die Augen zu. Wir *hatten* uns bis zum Tod geliebt. Der Tod war in unsere Liebe eingekehrt.

Als ich die Augen aufschlug, kamen mir Bilder von unserem ersten Hochzeitstag. Freunde hatten uns ein Wochenende in ihrer Berghütte geschenkt. Es war eine abgelegene, verschneite Gegend; wir mussten das Auto abstellen und die fast eineinhalb Kilometer lange Zufahrt zu Fuß zurücklegen. Es gab nichts, um uns zu unterhalten außer einem gefüllten Kühlschrank, ein paar Videokassetten und uns selbst. Aus irgendeinem Grund störte es mich nicht, dass wir nichts zu tun hatten.

Wir waren damals noch sehr verliebt und genossen es, uns am Körper des anderen zu erfreuen. In unserer Leidenschaft stieß ich etwas vom Regal über dem Bett. Als spähten wir über einen verbotenen Zaun, zogen wir beide uns zu dem Brett hoch und schauten mit offenem Mund entsetzt die alte Schneekugel an, die kaputt auf dem Holzboden lag.

„Wie wollen wir das jemals erklären?“, fragte ich.

Jacob lachte. Ich kicherte, als ich mir ausmalte, wie dieses Gespräch ablaufen würde. Dann lagen wir einander wieder in den Armen und genossen unsere ungestörte Zweisamkeit und wateten tiefer in das Wasser der Freude, das Gott für uns geschaffen hatte.

Die nächste Szene zeigte das Ergebnis eines solchen ehelichen Vorstoßes ins Unbekannte: die Geburt unserer ältesten Tochter Becca. Mein Herz schlug heftig und wie wild. Ich sagte während dieser Entbindung einige furchtbare Dinge zu meinem Mann. Er lächelte nur und hielt meine Hand, während ich mich durch die stundenlangen Wehen kämpfte. Ich dachte immer, dass ich das alles nicht wirklich so gemeint habe. Er vergab mir bedingungslos.

Während ich diese Szene betrachtete, lösten die Erinnerungen, die auf mich einströmten, einen ungebetenen inneren Konflikt in mir aus. Ich wollte nicht zu ihm hingezogen werden, aber das wurde ich, besonders, als ich sein fasziniertes Staunen angesichts der winzigen Finger und Zehen sah, das schmatzende

Saugen meiner Tochter an meiner Brust hörte und das Staunen über ein neugeborenes Kind auf mich wirken ließ.

„Sie ist so … perfekt“, sagte Jacob. Er hielt ihr einen Finger hin und sie ergriff ihn, während sie saugte.

„Sie ist erstaunlich“, flüsterte ich.

Zwei Menschen vereint um ein gemeinsames Baby. Wir waren zusammen. Er wechselte sogar die Windeln, was mich sehr überraschte. Und er beklagte sich kein einziges Mal darüber, wie ich das Kinderzimmer einrichtete und die Möbel verschob und die Wiege dreimal umtauschte, weil sie einfach nicht das Richtige für das Zimmer war.

❄

„Kinder sind eine Gabe Gottes“, sagte Jay. Er stand neben mir und betrachtete dieselben Szenen. Meine Wangen röteten sich, als ich mich zu ihm umdrehte und ihn anschaute, während Justin an mir vorbeilief und von einer viel älteren Becca verfolgt wurde. Mein Mann, ein wenig älter und gestresster als während seiner Studentenzeit, lief mit David auf dem Arm hinter den Kindern her.

„Sehen Sie das?“, fragte ich Jay und schaute in den Dunst hinein, der mich umgab. Wie viel von der Szene dieses Hochzeitstages hatte er gesehen?

„Achten Sie nicht auf mich. Konzentrieren Sie sich auf diesen Moment. Lassen Sie alles auf sich wirken, denn es bleibt nicht lange.“

Als ich mich wieder zu meiner Familie umdrehte, saßen mein Mann und ich miteinander auf dem Sofa; Weihnachtspapier lag im ganzen Haus verstreut herum und Becca spielte mit den Jungen „Panther und Geparde“. Ihre kleinen Beine trampelten auf den Boden und sie kreischten und johlten bei ihrem Spiel. Wir lächelten uns an, während wir zuhörten, wie sie ihrer Fantasie freien Lauf ließen.

„Wo, glaubst du, sind wir in zehn Jahren?“, fragte Jacob.

„Unter einem Weihnachtsbaum, umgeben von Geschenkpapier.“

Er lachte. „Nein, wo willst du sein?“

„Irgendwo, wo es warm ist und wir das hier hören können“, sagte ich, während der Lärm der wilden Panther und Geparde näher kam.

„Ich will dir das und noch viel mehr geben“, sagte er, dann beugte er sich zu mir herüber und gab mir einen Kuss. „Ich räume hier unten auf und passe auf die Kinder auf. Und du könntest das hier ausprobieren. Du hast es dir verdient."

Er reichte mir die noch nicht ausgepackten Schaumbäder, die die Kinder mit seiner Hilfe ausgesucht hatten. Lavendel und Rose, meine Lieblingsbadedüfte.

„Nein, ich muss anfangen zu kochen", sagte ich.

Er schüttelte den Kopf. „Nach oben mit dir. Sofort. Die Raubtiere werden es überleben."

„Die Panther und Geparde", verbesserte ich ihn.

„Geh."

War er wirklich so fürsorglich gewesen?

Die Wärme und der Lärm verschwanden schnell, und im nächsten Augenblick war Becca fast erwachsen. Wir saßen im Auto und waren auf dem Weg zum Fußballtraining.

„Warum streitest du und Papa so viel?", fragte sie.

Ich starrte durch die Windschutzscheibe. „Wir streiten nicht; wir sind nur in vielen Dingen verschiedener Meinung."

„Ihr streitet", sagte sie. „Und ihr versöhnt euch nicht. Ihr seid wie ein Wasserkessel, der ständig kurz vor dem Überkochen ist, sobald man den Herd aufdreht."

Ich umklammerte das Lenkrad ein wenig fester. „Es muss schwer sein, jeden Tag mit uns zu leben."

„Ja."

Es fühlte sich an wie die Szene aus „Bürger Kane", in der der Ehemann und seine Frau an den gegenüberliegenden Enden des Esstisches sitzen, die Jahre an ihnen vorüberziehen und der Abstand zwischen ihnen immer größer wird. Je mehr ich in unser Haus und unser Familienleben investierte, umso mehr schien Jacob in seiner Arbeit aufzugehen. Der Groll und die Unzufriedenheit wurden schlimmer. Wir saßen da, während draußen der Schnee fiel, er starrte auf die Sportseite der Tageszeitung und auch auf die Todesanzeigen.

„Dan Fogelberg ist gestorben", sagte ich.

Jacob senkte nicht einmal die Zeitung, um mich anzuschauen. „Woran? Hatte er einen Unfall?"

„Prostatakrebs."

„Schade. Er war noch nicht sehr alt, oder?"

„Sechsundfünfzig."

„Erinnerst du dich an ‚Leader of the Band'?"

Ich nickte, aber er sah mich nicht. Er versteckte sich hinter seiner Zeitung, aber ich stellte fest, dass er aufgehört hatte zu lesen. Hinter den Fußballtabellen versteckt, starrte er aus dem Fenster in die Ferne. Ich bewegte mich durch den Nebel auf ihn zu und war erschrocken, dass durch seinen Kopf mehr als nur Tore und Fußballstatistiken geisterten.

„Wir haben ihn einmal gesehen, nicht wahr?“, sagte er. „In Cincinnati?“

Ich antwortete ihm geistesabwesend und nannte ihm den Namen der Stadt und den Veranstaltungsort. Er hätte mir natürlich sagen können, wie viel die Eintrittskarten gekostet hatten. Aber er starrte nur aus dem Fenster. Schließlich ließ er die Zeitung sinken und schaute in meine Richtung. Ich war schon fort. Ich hatte ihn aus meinem Leben ausgeschlossen. Ich hatte entschieden, dass sich ein Gespräch nicht lohnte.

Er zog die Zeitung wieder nach oben, und ich hörte eine Stimme, die durch die Lautsprecher verstärkt wurde. Wir saßen zusammen mit ein paar Hundert Ehepaaren in einer großen Kirche und hörten zu, wie ein Mann davon sprach, dass wir unsere Ehe vertiefen müssen. Ich hörte aufmerksam zu und machte mir eifrig Notizen. Mein Mann warf einen Blick auf mich und spielte nervös an seinem Ehering. Ich warf einen Blick auf sein leeres Konferenzheft und dann wieder einen Blick auf mein Heft. Ich dachte, er hätte kein Interesse an unserer Ehe und daran, dass sie wieder besser funktionierte. Aber als ich genauer hinschaute, sah ich, dass er etwas in das Heft geschrieben hatte. Ich strengte mich an, um es unten auf der Seite lesen zu können, aber er klappte es schnell zu.

In der nächsten Szene verabschiedeten wir uns am heutigen Nachmittag von den Kindern. David klammerte sich fest an mich. Ich schluckte die Tränen hinunter, als ich mich sagen hörte, dass wir bald wieder zu Hause wären. Die Tür ging zu und die drei Kinder gingen ans Fenster und schauten uns nach.

„Wohin fahren sie?", fragte David.

„Wahrscheinlich kaufen sie noch etwas für Weihnachten ein", sagte Justin.

„Ja, wahrscheinlich kaufen sie noch ein", sagte Becca und legte beiden eine Hand auf die Schulter. Ihr Gesicht war das Letzte, was ich sah, bevor der Nebel die Szene einhüllte.

❄

Der Nebel kräuselte sich, stieg nach oben und blieb in der Luft hängen, bevor er sich teilte und ich den leeren Topf über dem Feuer sah. Jay zog meine Hand zurück und stellte den Topf auf den gemauerten Rand des Kamins. Ich war zu verblüfft, um sprechen zu können. Zu sehen, wie sich das eigene Leben auf diese Weise in Luft auflöst, zu sehen, wie die eigenen Kinder unter unseren Entscheidungen leiden, auch wenn sie sie nicht verstehen, raubte mir den Atem.

„Es fühlte sich so real an. Als wäre ich dort gewesen. Bei allem."

„Sie haben schöne Kinder", sagte Jay.

„Das haben Sie auch gesehen?"

„Ich kann nur beobachten, aber derjenige, der den Topfgriff in der Hand hält, steuert die Erfahrung. Das waren Ihre Erinnerungen. Es war Ihr Leben."

„Aber ich habe das nicht alles selbst erlebt. Ich wusste nicht, was meine Kinder gesagt haben. Ich wusste nicht, dass mein Mann etwas in dieses Heft geschrieben hat."

Er nickte. „Die Antworten auf die Fragen, die Sie jetzt haben, tauchen aus dem Schnee auf."

„Wie meinen Sie das?"

„Die Hoffnung, die Sie für Ihre Ehe haben, wird Sie weiterführen. Der Schnee wird Ihnen die Wahrheit zeigen. Ihr Verstand wird Sie von einer Erinnerung zur nächsten führen. Die Fragen, die Sie jetzt haben, die Beobachtungen, die Sie gemacht haben, und Ihre Offenheit, das alles zusammen wird Sie zu dem führen, was Sie wirklich suchen."

„Aber ich habe Ihnen doch gesagt, dass wir unseren Entschluss gefasst haben. Es ist vorbei."

„Ja, aber Sie haben auch gesagt, dass Sie meiner Hoffnung für Sie eine Chance geben. Die Bilder entspringen einem Wunsch nach Veränderung."

Ich schaute den warmen Topf auf dem Kaminrand an und dann die zwei anderen, die noch auf mich warteten. „Ich möchte noch einmal probieren, ob das Telefon inzwischen wieder funktioniert. Und versuchen, meine Kinder anzurufen."

„Gerne", sagte Jay.

„Ich glaube, ich kann nicht weitermachen", sagte ich, als ich den Flur erreichte. „Es ist zu schmerzhaft. Zu aufwühlend."

„Ich weiß. Aber etwas in Ihnen will mehr wissen. Etwas in Ihnen will hoffen."

4. Akt
Der andere Mann

Die Telefonleitung war tot. So leblos wie meine Seele. Ich legte den Hörer wieder auf und dachte an Jacobs Gesicht, als er mit dem Lenkrad kämpfte und um die Kurve bog, sah die entgegenkommenden Scheinwerfer und schloss wieder die Augen und wartete auf den Zusammenstoß. Er war immer noch irgendwo da draußen. Er würde mich doch nicht allein dort im Auto sitzen und erfrieren lassen. Oder doch?

Ein großes Fenster neben dem Küchentisch bot einen Blick auf die Landschaft. Ich malte mir aus, wie Paare mit Eheproblemen hier bei einer heißen Tasse Kaffee und Keksen saßen und ihre Ehe Schritt für Schritt, Keks für Keks, reparierten. Ich keuchte, als ich die hohen Schneeberge sah. Nasse, dicke Schneeflocken, so groß wie meine Hand, fielen schnell und steil vom Himmel. Äste bogen sich und zitterten unter dem Gewicht.

Auf dem Küchentisch stand eine Tupperware-Schüssel, wie die Kinder sie für Popcorn für einen gemütlichen Fernsehabend benutzten. Jacob machte immer das Popcorn in der Pfanne, Becca schmolz die Butter und Justin und David streuten so viel Meersalz darüber, dass man damit den Blutdruck einer ganzen Stadt in die Höhe treiben könnte. Lachend und kichernd liefen sie damit ins Wohnzimmer, um sich einen neuen Disney-Film oder einen alten Horrorfilm anzuschauen, die Jacob ihnen gern zeigte. Frankenstein oder Dracula oder Wolfsmensch.

Ich nahm die Schüssel und öffnete die Seitentür. Ohne nachzudenken, trat ich in meinen Socken auf die Veranda hinaus. Hier gab es eine Sitzecke mit mehreren Tischen und Stühlen. Ich schob den Schnee von der Tischplatte in die Schüssel und hörte erst auf, als die Schüssel überquoll.

Als ich aufblickte, sah ich ein Licht im Fenster über mir und einen Vorhang flattern. Dann fühlte ich nichts anderes mehr als die Stille der Nacht und den fallenden Schnee.

Jay stand an der Hintertür, als ich zurückkam. „Sie haben etwas vergessen“, schmunzelte er mit einem Blick auf meine Füße. Kein Vorwurf oder Schimpfen, nur eine freundliche Erinnerung an die Wahrheit. Er nahm mir die Schüssel ab und stellte sie auf den Tisch. Ich reichte ihm meine nassen Socken, und er wartete im Wohnzimmer mit einem Handtuch und einem frischen Paar Socken auf mich. Das Gefühl kehrte in meine Füße zurück, mir war wieder warm und ich war bereit zur nächsten Exkursion.

Ich nahm den zweiten Topf vom Kamin, kippte den Schnee hinein und achtete darauf, keine Schneeflocke in der Schüssel zu lassen. Ich wollte nicht, dass die Nebelszenen zu schnell aufhörten.

„Wenn die erste Schüssel meine Vergangenheit beleuchtet und meine Erfahrungen und meinen Verstand gebraucht hat, wie kann sie dann die Wahrheit über die Gegenwart wissen?"

Jays Gesicht spiegelte orangerot leuchtend das Licht des Feuers aus dem Kamin wider. „Der Schnee zeigt Ihnen nur das, was ist. Er bedeckt die Wahrheit und bringt sie dann zum Vorschein."

„Sie wissen also auch nicht, wie das funktioniert."

Seine Augen funkelten. „Ich weiß nur, dass es in unseren ganzen Jahren nie versagt hat."

Ich nahm den Topf und hielt ihn neben das Feuer. „Ihre Frau. Was hat sie? Warum bleibt sie oben?"

„Glauben Sie mir, wenn sie könnte, würde sie kommen. Es ist einfach ihr Alter."

Ich wollte mehr Fragen stellen, wollte wissen, wie lange sie verheiratet waren, wie lange er sie schon pflegte, wie viele Menschen vor mir in diesem Haus zu Besuch waren. Aber die goldene Schale weckte meine Neugier und ich stellte sie aufs Feuer. Ich schloss die Augen, als der Nebel aufstieg und die Macht des Schnees mich einhüllte.

❄

Musik hatte mich über die Schwelle meiner Vergangenheit geführt, aber dieses Mal hörte ich eine Stimme durch einen blechernen Lautsprecher. Sie sprach von einem starken Sturm, der über diese Gegend hinwegzog. Beängstigende Verkehrsmeldungen wurden durchgegeben. Der Nachrichtensprecher gab bekannt, dass viele Autofahrer in ihren Wagen festsaßen, und forderte alle Hörer auf, im Haus zu bleiben.

„Pssst!", sagte Becca. Sie lag mit ihren Brüdern im Wohnzimmer unter einer Decke.

„Wir könnten doch einfach einen Film anschauen", sagte David.

„Wir haben keinen Strom, du Dummkopf", sagte Justin. „Deshalb können wir auch kein Licht einschalten."

„Warum können wir dann Radio hören?"

„Weil es mit Batterien betrieben wird."

„Ruhe!", zischte Becca. Sie zog das Radio näher an sich heran und stellte es lauter.

Der Nachrichtensprecher las eine Liste mit gesperrten Straßen vor und zählte auf, wo es überall Unfälle gegeben hatte. Ihr Handy klingelte. Sie zog es aus ihrer Tasche. „Mama?"

„Nein, ich bin es, deine Tante Susan. Becca, habt ihr schon etwas von euren Eltern gehört?"

„Noch nicht. Und der Strom ist ausgefallen."

„Das habe ich mir gedacht. Ich habe es schon über das Festnetz probiert."

Becca stand vom Sofa auf und ging aus dem Zimmer, damit die Jungen, die sich auf dem Sofa gegenseitig traten, sie nicht hören konnten.

„Tante Susan", sagte Becca leise. „Ich habe Angst."

„Dein Vater ist ein guter Autofahrer. Sie stecken wahrscheinlich irgendwo fest, wo kein Handyempfang ist, und …"

„Nein, das meine ich nicht. Ich mache mir Sorgen um sie, und ich habe Angst, dass etwas passiert. Auf

Papas Schreibtisch lag ein Brief. Von einem Anwalt. Ich habe ihn gelesen."

„Oh, Becca. Das tut mir so leid. Aber ich bin sicher, dass sie eine Lösung finden."

„Nein, in dem Brief ist von Scheidung die Rede und von vorbereiteten Papieren, die sie unterschreiben müssen. Ich verstehe das meiste nicht, aber es klingt, als wäre es eine beschlossene Sache. Weißt du etwas davon?"

Schweigen am anderen Ende der Leitung. „Schatz, ich wünschte, ich könnte jetzt zu euch fahren und bei euch sein. Es tut mir so leid. Wir beten schon lange für eure Mutter und euren Vater, und ich wusste, dass es nicht gut aussieht. Aber ich habe nicht geahnt, dass sie einen Anwalt eingeschaltet haben."

Tränen liefen über Beccas Gesicht. „Warum machen sie das?"

Am anderen Ende war ein Moment Stille. „Schatz, du musst dich deinen Brüdern zuliebe zusammenreißen. Ihr müsst jetzt erst einmal diese Nacht gut überstehen. Um alles andere kümmern wir uns danach. Gemeinsam. Hörst du?"

Meine Schwester so mit meiner Tochter sprechen zu hören, jagte mir eine Gänsehaut über den Rücken.

Wir haben uns nie sehr nahegestanden, aber ich sah, dass Becca durch ihre Worte getröstet wurde. Susan machte das, was ich hätte tun sollen. Von ihr bekam meine Tochter den Trost und die Unterstützung, die ich ihr nicht geben konnte.

Die Jungen wurden immer lauter, dann kam David angelaufen. Er hatte sich die Decke umgewickelt und stieß gegen den Türrahmen und stürzte. Ein lautes Heulen erfüllte den Raum.

„Justin!", schrie Becca.

„Ich habe nichts gemacht!"

„Ich muss aufhören, Tante Susan."

„Ruf mich an, wenn du etwas hörst."

„Mach ich."

„Und denk dran, dass wir für euch beten."

„Danke." Becca legte auf, nahm David in die Arme und schleppte ihn ins Wohnzimmer. „Wir müssen jetzt zusammenhalten. Mama und Papa sitzen wahrscheinlich irgendwo fest."

„Ist ihnen auch nichts passiert?", fragte David schluchzend.

Die Besorgnis in seiner Stimme brach mir das Herz.

„Alles wird wieder gut, aber sie können im Moment nicht telefonieren. Deshalb müssen wir drei zusammenhalten. Ich will, dass ihr jetzt nach oben geht und alle eure Decken holt. Wir schieben das große und das kleine Sofa zusammen und machen im Wohnzimmer ein großes Zelt, in dem wir es warm und gemütlich haben."

„Ja!", rief Justin.

„Aber was ist mit dem Weihnachtsmann?", fragte David. „Wenn wir im Wohnzimmer sind, kommt er doch nicht, oder?"

Justin grinste hämisch, aber Becca ignorierte ihn. Sie klang genauso wie ich, als sie sagte: „Wenn wir schlafen, stört ihn das nicht."

„Aber wie soll er den Baum sehen, wenn kein Licht an ist?"

Justin verdrehte die Augen. „Der Kerl kann in jedes Haus auf der Erde kommen und sich durch einen Kamin quetschen. Und du machst dir Sorgen, dass er nichts sehen könnte?"

Sie schaltete eine Taschenlampe ein und gab sie David. „Holt einfach eure Decken und kommt schnell wieder zurück. Ohne zu streiten! Und passt auf, wenn ihr die Treppe herunterlauft."

Im nächsten Moment waren die beiden fort, und Becca öffnete die Kontaktliste auf ihrem Handy. Sie wählte sowohl meine als auch Jacobs Handynummer und schrieb: „Uns geht es gut. Wo ihr auch seid, passt auf euch auf."

Sie drückte auf „Senden" und klappte das Telefon zu. Sie schaute durch das Fenster auf den fallenden Schnee und noch mehr Tränen traten in ihre Augen. Sie wischte sie schnell weg, als die Jungen polternd die Treppe herabkamen.

Ich wandte mich von der Szene ab und war von ihren aufgewühlten Gefühlen und ihrer Entschlossenheit überwältigt. Ich wollte die Hand nach ihr ausstrecken, eine Nachricht auf die Fensterscheibe schreiben oder laut rufen, aber ich kam nicht zu ihr durch. Als ich wieder hinsah, war Becca verschwunden, stattdessen sah ich nun meine Eltern im Heiligabend-Gottesdienst, die in ihrer Sonntagskleidung eng nebeneinandersaßen. Es waren ungefähr zwanzig Leute zu dem Gottesdienst im Seniorenheim gekommen. Sie waren alle in leuchtendes Rot und Grün gekleidet. Als der Pastor fragte, ob es Gebetsanliegen gebe, hoben mehrere die Hand. Meine Mutter umklammerte ein zerknülltes Taschentuch und hob die Hand, als der Mann anschließend fragte, ob es Gebetsanliegen gebe, die man nicht laut sagen wolle. Er nickte, als würde er sie verstehen. Sie drückte das Taschentuch an ihre Augen und mein Vater legte einen Arm um sie und zog sie an sich heran.

❄

Mir dämmerte es erst in diesem Augenblick; aber wenn ich hier wirklich sah, was jetzt in diesem Moment passierte, könnte ich doch vielleicht auch Jacob finden. Ich schaute wieder in den goldenen Topf und schüttelte ihn. Dabei schwappte etwas von dem Wasser über und landete zischend auf dem brennenden Holz.

„Vorsicht", sagte Jay, der neben mir stand. Aber ich versuchte, mich auf den nebeligen Dampf zu konzentrieren, bis ein Gebäude vor mir auftauchte. Durch den Schnee und das beschlagene Fenster sah ich einen Mann auf und ab gehen und aus dem Fester seines Büros schauen. Auf dem Schreibtisch lagen weiße Blätter mit Haftzetteln, auf denen „Hier unterschreiben" stand. Er warf einen Blick auf seine Armbanduhr, dann zog er sein Handy heraus und wählte eine Nummer.

„Das will ich nicht sehen", sagte ich zu Jay. „Ich will wissen, wo mein Mann ist."

„Versuchen Sie nicht, es zu kontrollieren“, sagte er. „Sie werden es erfahren, wenn Sie einfach zuschauen.“

Die nächste Szene spielte im Haus meiner Schwester. Sie und ihr Mann befanden sich im begehbaren Schrank ihres Schlafzimmers, inmitten von Geschenkpapier und Geschenken. Sie knieten auf dem Boden und beteten. Für uns. Für unsere Ehe. Es war demütigend und beschämend.

„Sie haben Menschen, die sich um Sie kümmern“, sagte Jay.

Der Nebel verschlang dieses Bild wieder, das Wasser blubberte und schäumte und ein anderes Haus tauchte vor mir auf. Eine Gestalt saß an einem provisorischen Computertisch, der auf dem kahlen Linoleum stand; im Hintergrund dröhnte der Fernseher, in dem gerade ein Fußballspiel lief. Mit einem Bier in der einen Hand und der Computermaus in der anderen klickte er sich durch seine Facebook-Kontakte. Ich schloss die Augen.

„Kennen Sie ihn?“, fragte Jay.

„Er ist ein Freund, den ich an der Highschool kannte.“

„Aber Sie haben Ihre Freundschaft wieder neu aufleben lassen.“

„Nur online. Es ist nichts. Ehrlich. Ich habe sein Bild auf Facebook gefunden und ihm eine Freundschaftsanfrage geschickt."

Je länger wir in Eriks Wohnung blieben und zuschauten, wie er mit zwei Fingern eine Nachricht tippte, umso stärker wurde Jays Interesse – und mein Unbehagen wuchs. Ich ließ den Topf beinahe vom Feuer rutschen, aber Jay hielt meine Hand über dem Griff fest.

„Ich wünsche dir einen schönen und glücklichen Heiligabend", schrieb Erik. „Ich hoffe, mit den Kindern läuft es in den nächsten Tagen gut. Und ich wünsche dir, dass bessere Zeiten auf dich warten. Alles Liebe, Erik."

„Er hatte im Schreibmaschinenunterricht nie gute Noten", versuchte ich zu scherzen.

Jays Blick blieb auf die Szene gerichtet. „Er schreibt nicht so, als wäre er nur ein alter Freund."

„Wir haben uns in den letzten Monaten ein paarmal unterhalten", sagte ich. Meine Stimme klang irgendwie hohl.

„Waren Sie an der Highschool mit ihm zusammen?"

„Ein bisschen. Wir waren noch Kinder."

„Aber jetzt sind Sie sich nähergekommen."

„Ich habe viele Facebook-Freunde."

„Wie viele dieser Freunde schicken Ihnen am Heiligabend Grüße? An Ihrem Hochzeitstag? An dem Tag, an dem Sie Ihre Scheidungspapiere unterschreiben wollen?"

Ich antwortete nicht. Stattdessen schaute ich zu, wie Erik seine Bierdose zerdrückte, sie in den Mülleimer warf und sich dann eine neue aus dem kleinen Kühlschrank unter dem provisorischen Tisch holte.

„Haben Sie sich persönlich mit ihm getroffen?"

„Nur bei unserem letzten Klassentreffen. Es war harmlos. Er ist nur nett und schreibt mir, um mir zu zeigen, dass er an mich denkt."

„Als Sie ihn sahen, geschah etwas in Ihren Augen. Als Sie seine Nachricht lasen, begannen sie zu leuchten."

Ich nickte. „Also gut, ich gebe zu, dass ein kleiner Funke da ist. Es ist schön, sich einfach an diese Jahre zu erinnern. Die Verliebtheit, als wir jung waren. Fantasiegespinste über die Vergangenheit. Zu überlegen, wie alles gekommen wäre, wenn …"

„Wenn Sie dieses Leben gewählt hätten, statt dem, was sie jetzt haben", sagte Jay. „Und ob es zu spät ist, sich immer noch dafür zu entscheiden?"

„Nun ja, mir kam der Gedanke, dass wir ein gemeinsames Leben haben könnten. Er hat eine gescheiterte Beziehung hinter sich. Er hat viel daraus gelernt", fügte ich hinzu und merkte selbst, dass meine Stimme klang, als wollte ich ihn verteidigen.

„Wie zum Beispiel, seinen Alkoholkonsum in den Griff zu kriegen."

„Na ja, also, davon wusste ich nichts. Er hat anscheinend einen gut gefüllten Kühlschrank." Die Szene dauerte an, und ich versuchte zu sprechen, um mein Unbehagen zu verbergen. Ich lachte über eine Erinnerung an Erik aus unserer Jugendzeit.

„Marlee, Sie haben gute Chancen, glücklich zu sein. Sie haben großartige Kinder. Ihre Familie liebt Sie. Sie kümmert sich um Sie. Die größte Hoffnung auf eine lebenslange Liebe liegt nicht bei irgendjemandem, sondern bei dem Menschen, zu dem Sie ‚Ja, ich will' gesagt haben."

„Meine Chancen sind vor Jahren gestorben. In Jacobs Augen ist unsere Ehe eine Fehlinvestition. Er würde wahrscheinlich bloß mit mir zusammenbleiben, um sich die Prozesskosten zu sparen, und damit die Kinder unter einem Dach bleiben können. Aber er will nicht einmal mehr für unsere Ehe kämpfen. Er befindet sich in dem Stadium, in dem ihm alles egal ist. Egal, was passiert, es ist ihm recht. Er hat emotional gekündigt. Er geht in seiner Arbeit auf. Er ist nicht mehr da. Und ehrlich gesagt, bin ich darüber froh."

Jay sagte nichts. Gott sei Dank veränderte sich die Szene wieder. Jetzt sah ich ein dunkles, verschneites Feld. Ich konnte nicht viel erkennen, weil es mit Schnee bedeckt war.

„Ist das hier in der Gegend?", fragte ich.

„Das kann ich nicht sagen", antwortete Jay. „Moment mal! Das sieht aus, als schaue ein Schuh aus dem Schnee heraus."

Mir stockte der Atem und ich brachte die Worte kaum über die Lippen. „Das ist sein Schuh. Das ist Jacobs Schuh."

Ich schaute mir die Szene genauer an und erkannte trotz des verschwommenen Nebels einige Bäume, einen Hang und einen Zaunpfosten. „Ich kenne diese Stelle. Das ist gleich unterhalb der Stelle, an der unser Auto ins Schleudern geriet."

Jay sprang auf, eilte zum Flur und schlüpfte schnell in seine Jacke. Ich folgte ihm, aber er forderte mich auf, beim Feuer zu bleiben. Bei dieser Szene zu bleiben.

Mit Tränen in den Augen sagte ich: „Ich dachte, ich

wäre über einen Felsen gestolpert. Das muss er gewesen sein. Er versuchte hierherzukommen."

„Ich werde ihn finden", versprach Jay. „Bleiben Sie hier."

„Nein, ich muss mitkommen!"

„Marlee." Er legte eine Hand auf meine Schulter, und ich fühlte, wie etwas Warmes durch meinen Körper strömte. Eine Verbindung mit der Vergangenheit und der Gegenwart? „Bleiben Sie hier. Ich bin bald zurück."

Ich hielt mit zitternden Händen immer noch den Topf fest und hielt ihn wieder über das Feuer, als Jay ging. Das Wasser wurde wieder warm und Dampf stieg um mich herum auf. Ich schloss die Augen und fragte mich, ob Jacob noch am Leben war. Er brauchte ärztliche Hilfe, aber da das Telefon nicht funktionierte und es hier keinen Handyempfang gab, hatte ich keine Ahnung, was wir tun konnten.

Die Szene kehrte zurück und Jacobs Schuh bewegte sich unter der Schneedecke. Ein gutes Zeichen. „Steh auf", flüsterte ich.

Scheinwerferlicht tauchte aus dem Dunkel auf, es fiel genau auf ihn, und dann hörte ich das furchtbare Geräusch von Gummi auf Eis. Der Fahrzeugführer versuchte, Halt zu finden, um nicht den Hang hinunterzurutschen. Das Auto schlingerte in die dünnen Bäume am Hang, das Scheinwerferlicht hüpfte wackelig über den Schnee und wanderte dann über den Hang auf meinen Mann zu.

Der Dampf zischte und löste sich vor mir auf. Ich stellte den Topf ab, lief zur Hintertür und schaute hinaus. Der Schneesturm war so stark, dass ich nichts sehen konnte, nicht einmal Scheinwerfer.

Panisch schaufelte ich Schnee von der Veranda hinter dem Haus in die Plastikschüssel, lief zum Feuer zurück und kippte ihn schnell in den Topf und hielt ihn über das Feuer, bis der Schnee zu schmelzen begann.

„Komm schon", flüsterte ich.

Hinter mir bewegte sich etwas. Reue war wieder da. Er schnüffelte und winselte. Als ich mich wieder dem Feuer zuwandte, stieg der Dampf auf und ich begab mich, ohne nachzudenken, in dieses Bild, ohne zu wissen, ob es funktionieren würde oder nicht. Ich strengte meine Augen an und suchte in dem aufsteigenden Dampf meinen Mann – und Jay, von dem ich hoffte, das er sein Sanitäter und Retter sein würde.

Aber ich sah die Wiese nicht.

5. Akt
Der Fehler

Eine Frau mit langen, braunen Haaren trug ein krankes Kind, das Fieber hatte, in der Küche einer kleinen Wohnung hin und her. Der erstickende Husten des Babys erschreckte mich. Die Geräusche in seinem Brustkorb hörten sich an wie Murmeln in einer Blechdose. Ein Inhalationsgerät stand neben einer leeren Wiege und die Frau drückte das Kind an sich. Neben dem Fenster stand ein dürrer Weihnachtsbaum, der mit einer alten Girlande geschmückt war.

Als sie sich umdrehte, stutzte ich. Das Gesicht kam mir bekannt vor. War ich das, vor Jahren, mit Becca? Ich erkannte die Wohnung aber nicht wieder. Hatte ich den falschen goldenen Topf genommen?

Ein Telefon klingelte. Als die Frau ranging, begann das Baby weinend und hustend zu wimmern. „Sein Fieber ist immer noch so hoch. Was ich auch tue, es sinkt einfach nicht. Ich weiß nicht mehr, was ich machen soll."

Die Stimme. *Ihre* Stimme. Meine eigene Tochter war Mutter.

„Nein, ich rufe sie nicht an", sagte Becca. Sie schwieg kurz, nachdem am anderen Ende der Leitung etwas gesagt worden war. „Es ist mir egal, ob sie mir helfen könnte. Ich rufe sie nicht an."

Langsam verblasste die Szene in der Wohnung, und ich befand mich in einem lauten, dunklen Raum, der voll war mit Lachen, Musik und Leuten, die den Schnee von ihren Jacken und Schuhen auf den nassen Holzboden schüttelten. An einem Tisch in der Ecke saßen zwei junge Männer, die mit ihren Gläsern anstießen und sich zuprosteten. Sie hatten gerötete Gesichter, einen Dreitagebart und sahen attraktiv aus.

„Auf einen neuen Heiligabend", sagte der Jüngere. „Schön, dich zu sehen."

„Ebenso", sagte der andere und trank einen kräftigen Schluck aus seinem Glas.

Schweigen breitete sich zwischen ihnen aus. Sie hatten kaum Augenkontakt.

„Es kommt einem vor, als wäre es gestern gewesen, nicht wahr?"

„Was? Der Unfall?"

Der Mann nickte. „Heute vor zwanzig Jahren. Unser Leben hat sich für immer verändert."

Ein Blick auf den Tisch. „Ja. Wie es wohl Becca heute Abend geht?"

„Ehrlich gesagt, glaube ich nicht, dass es ihr und ihrem Mann gut geht."

„Das würde mich nicht überraschen. Dich etwa?"

Der Jüngere schüttelte den Kopf. „Geht es dir gut?"

Wieder ein kräftiger Schluck, dann ein Achselzucken. „Klar, solange ich ein Glas in der Hand habe." Er starrte das Glas an. „Wenn ich ehrlich sein soll, würde ich sagen, dass ich mich verloren fühle. Als gäbe es tausend Straßen, von denen ich mir eine aussuchen muss, aber jede führt in eine Sackgasse. Jedes Mal, wenn der Wetterbericht Schnee ankündigt oder wenn die Lichter flackern und ein Stromausfall droht, bin ich wieder dort im Wohnzimmer und liege unter diesen ganzen Decken."

„Weihnachten war seit damals nie wieder so wie früher."

Er leerte das Glas.

„Hast du in letzter Zeit mit Mama gesprochen?", fragte David.

„Nein. Es ist immer noch schwer zu vergessen, was passiert ist."

„Ja. Aber es ist zwanzig Jahre her. Vielleicht wird es allmählich Zeit."

„Kann ich euch beiden noch etwas bringen?", fragte eine hübsche Kellnerin und wippte vor ihrem Tisch mit den Füßen.

„Ja, noch einmal das Gleiche", sagte Justin.

„Kommt sofort", sagte sie.

Das Gedränge an der Bar und die zwei Männer in der Ecke verblassten und mit ihnen die Erdnussschalen und die dröhnende Musik. Ich wollte meinen Mann sehen und war in etwas völlig anderes und Unerwartetes hineingestolpert.

Als hätte es nicht genügt, meine Kinder zu sehen, raubte mir die nächste Szene endgültig den Atem: Jacob, der Mann meiner Jugend, war älter geworden und seine Schultern hingen herunter. Sein Gesicht war voller Bartstoppeln und von den Jahren gezeichnet. Seine Haut hatte Flecken und Falten und in seinen Augen lag etwas Dunkles, Leeres. Er aß schweigend sein Essen und saß neben einem kleinen Weihnachtsbaum, der auf einem Tisch stand. Bilder waren auf dem Wohnzimmertisch verstreut. Bilder von dem, was gewesen war.

Mir fiel nichts Besonderes an der Szene auf, bis er aufstand. Sich vom Tisch zur Küche zu bewegen kostete ihn eine unglaubliche Anstrengung. Sein rechtes Bein war fast nicht zu gebrauchen; er zog es mühsam hinter sich her. An beiden Händen fehlten ihm Finger. Ich streckte im Schatten die Hände nach ihm aus, konnte ihn aber nicht berühren.

„Oh, Jacob", stöhnte ich.

Dann war ich fort. Ich bewegte mich wieder durch den wirbelnden Schnee und landete in einer anderen Szene, bei einer Frau, die gerade ihre Einkäufe wegräumte. Obwohl ich ihr Gesicht nicht sah, erkannte ich sie. Man erkennt seine eigene Figur immer. Wenn ich vorher die schlanken Hüften meiner Jugend mit meinen Hüften im Alter von vierzig Jahren verglichen hatte, dann verglich ich sie jetzt mit meiner Figur, die ich in zwanzig Jahren haben würde. Die Zeit hatte weitere Spuren bei mir hinterlassen, aber mein Aussehen erfüllte mich mit einem gewissen Stolz. Meine Haare waren kürzer, an einigen Stellen grauer, hauptsächlich an den Haarwurzeln, meine Arme waren an den Unterseiten ein wenig schwabbeliger, und als ich mich umdrehte, sah ich die Falten in meinem Gesicht und die Haut an meinem Hals, die ein wenig Straffung vertragen könnte. Alles in allem gar nicht so schlecht, wenn ich nur die körperlichen Merkmale beurteilte. Was mich jedoch beunruhigte, war der Blick, der auf meinem Gesicht lag.

Aus dem Wohnzimmer hörte man die Stimme eines Fernsehreporters und Jubelrufe. Die unverkennbare Kakofonie einer Fußballübertragung. Unter den ganzen Einkäufen befand sich eine Packung Bier. Kaum hatte ich die anderen Tüten weggeräumt, da stapfte ein viel dickerer, aufgedunsener Erik in die Küche.

„Ich hoffe, du hast hinten die Heizung nicht laufen lassen.“ Er riss die Packung auf und berührte die Dosen. Dann fluchte er. „Die kommen in den Kühlschrank im Keller. Kannst du dann die übrigen Dosen gleich mit hochbringen?“

Es war wenigstens eine Frage und kein Befehl, aber als ich sah, wie ich mich seinen Worten beugte, fiel meine Kinnlade nach unten. Als er hinausging, murmelte ich leise etwas, während ich die Bierpackung hochhob.

„Was war das?“, fragte er und drehte sich um.

„Nichts.“

„Doch. Was hast du gesagt?“ Erik stand im Türrahmen, wo er gleichzeitig mich anschreien und das

Fußballspiel im Fernsehen verfolgen konnte. Ich konnte nicht glauben, was ich hier sah. Der freundliche und einfühlsame Mann, der mir E-Mails geschickt hatte, sah mich drohend an.

Während ich mich bückte, um das Bier aufzuheben, packte er mich am Arm. „Du sollst mich nicht ignorieren. Sag mir, was du gesagt hast."

„Nichts", sagte ich flehend und zittrig und mit Tränen in den Augen. Ich sah mich selbst, mit echter Angst im Blick. Vielleicht war das der Grund für die Leere in meinen Augen. „Bitte, lass mich los. Ich bin gleich zurück."

„Das will ich dir auch geraten haben", fauchte er.

Als ich mich in der Küche umschaute, entdeckte ich an unauffälligen Stellen Bilder von den drei Kindern. Sie waren fast versteckt, als gäbe es ein Stillhalteabkommen mit der Vergangenheit, die in die Gegenwart vordringen wollte. Etwas in meinem Magen zog sich zusammen und ich sah, was mir niemand hätte sagen können: dass das Gras auf der anderen Seite des Zauns auch nicht grüner ist. Was sich hier vor meinen Augen abspielte, war, als würde man ein wildes Tier ins Haus holen und versuchen, es zu zähmen. Das Einzige, was das Haus mit Leben erfüllte, waren nicht die

Stimmen der Kinder oder Enkel, sondern ein Fußballspiel, dass über den Bildschirm flimmerte, und ein gelegentliches Rülpsen. Ich trottete wieder die Treppe hinauf und schleppte das Bier für den Mann meiner Träume in die Wohnung. Wie war es dazu gekommen? Hatte ich die letzten zwanzig Jahre … tatsächlich mit ihm verbracht?

❄

Der Dampf zischte und löste sich auf. Reue stand neben mir und schaute zu, wie sich der letzte Rest geschmolzenen Schnees in Luft auflöste. Ich stellte den Topf neben den Kamin und atmete mühsam. Schwere Gedanken wirbelten wie ein tobender Sturm durch meinen Kopf. Ich lief zum hinteren Fenster und hielt Ausschau nach irgendeinem Anzeichen von Leben oder einem Licht. Ich sah nichts. Nur Dunkelheit. Ich testete erneut das Telefon. Tot. Ich suchte die Taschenlampe und schaute in der Garage nach. Jays Auto war fort und das Garagentor stand noch offen. Der Schnee hatte sich mittlerweile zu einer über einen Meter hohen Schneewehe aufgetürmt. Reifenspuren führten mitten durch die Einfahrt. Im hinteren Teil der Garage stand ein Geländewagen. Ich vermutete, dass er Allradantrieb hatte.

Hilflos schaute ich Reue nach, der die Treppe hinauflief und verschwand. Ich folgte ihm. Meine Schritte hallten durch das Haus. Der Holzboden war glatt und kalt. Mit Hilfe der Taschenlampe schaute ich mich auf dem Flur um und stellte fest, dass sich auf beiden Seiten Zimmer befanden. Die getäfelten Holztüren waren verschlossen. Ich bemerkte, dass statt der Zimmernummern Worte an den Türen standen. „Güte" las ich, „Frieden", „Geduld" und mehrere andere Wörter, die ich aus der Auflistung der Früchte des Geistes wiedererkannte. (Ich weiß nicht viel über die Bibel, aber daran erinnere ich mich.) Ich öffnete die Tür, auf der „Freude" stand, und schaute in ein helles, fröhliches Zimmer. Eine gelbe Decke lag auf dem großen Bett und das Muster der Tapete bestand aus Sonnenstrahlen und Regenbögen. Allein schon dieser Anblick entlockte mir ein Lächeln. Dann entdeckte ich ein selbst gemachtes Stickbild an der Wand, das einen Obstkorb darstellte, unter dem die Worte standen: „Aber die Frucht des Geistes ist Freude." Eine ansehnliche Anzahl von Ehe-Büchern und auch ein paar Romane zierten die Regale.

Ich schloss die Tür wieder und ging zum Ende des Flurs, wo eine weitere Tür ein paar Zentimeter weit offen stand – gerade so weit, dass Reue hineinschlüpfen konnte. Außen stand das Wort „Frieden". Ein dünner Lichtschein fiel durch den Spalt auf den Flurboden, und ich blieb stehen und lauschte. Ich vernahm eine geflüsterte Stimme, die wie eine Schneeflocke aus diesem Zimmer zu schweben schien. Es klang wie ein Gebet einer Person, der jeder Atemzug viel Kraft kostete. „Gib mir die Kraft, diese Anfechtung zu bestehen", sagte die Frauenstimme. Mehr konnte ich nicht hören.

Nach einer kurzen Schweigepause rief ich: „Hallo?" Reue trottete zur Tür und schaute um die Ecke. Er hatte die Ohren aufgestellt und lauschte. „Entschuldigen Sie die Störung."

„Kommen Sie nur herein", sagte die Stimme. Sie klang rau, wie ich fand.

Ich schob die Tür auf und Reue lief zurück ins Zimmer, schnurstracks zu einem Stuhl, der in der Ecke stand, und sprang auf das Bett. Im Kamin brannte Feuer und das Zimmer war in goldenes Licht getaucht. Ich schaltete die Taschenlampe aus. Ein anderer bequemer Stuhl stand in unmittelbarer Nähe des Feuers und auf einem Nachttisch lag eine abgegriffene Bibel.

Weitere Bücher standen in den Regalen an der Wand. Ich erkannte die Kommode sofort, denn sie sah genauso aus wie die, die meine Mutter mir vermacht hatte. Die Tapete war himmelblau und der flackernde Schein des Feuers ließ das Zimmer warm und gemütlich wirken.

„Sie müssen Marlee sein“, sagte die Frau, deren Haare kaum unter der Decke hervorschauten. Sie lag unter einem Berg warmer Decken.

„Und Sie sind Jays Frau?“, sagte ich und trat näher.

„Ich habe auf Sie gewartet“, sagte sie. „Er hat mir erzählt, was passiert ist. Holen Sie den Stuhl heran, damit ich Sie sehen kann, während wir uns unterhalten.“

„Ich kann nicht bleiben. Ich wollte nur fragen, ob ich Ihr anderes Auto nehmen kann, um meinen Mann zu suchen. Jay ist losgefahren, um ihn zu suchen, und ich mache mir große Sorgen.“

Mit großer Kraftanstrengung zog sie sich hoch, sodass sie in eine sitzende Position kam. Auf dieser Seite des Zimmers war es dunkler, aber ich konnte im Licht des Feuers ihr Gesicht erkennen. Ihre Haare waren weiß und ihr Gesicht war faltig wie zerknülltes Papier. Ihre Hände bestanden nur aus Knöcheln und Adern, und die Haut hing wie ein alter Mantel an ihr.

Ihr Gesicht war blass und sie benetzte ihre Lippen mit der Zunge.

„Könnten Sie mir bitte dieses Glas Wasser reichen?“, bat sie und deutete mit zittrigen Fingern auf den Nachttisch gleich neben ihrem Bett.

Ich hielt es ihr hin, und sie trank wie ein Kind ein paar Schlucke mit einem Strohhalm, schmatzte mit den Lippen und nickte. Sie atmete tief ein, bevor sie „Danke“ sagte.

Ich stellte das Glas wieder auf den Nachttisch, und sie fragte, ob der Sturm nachgelassen habe. Als ich mich wieder umdrehte, lag etwas in ihrem sorgenvollen Gesicht, das mir bekannt vorkam. Ein Funkeln in ihren Augen, das ich kannte.

„Ich glaube nicht, dass der Sturm nachlässt. Und ich mache mir Sorgen um meinen Mann. Und auch um Ihren Mann.“

„Sie können das Auto nehmen. Jay hängt die Schlüssel normalerweise an einen Haken in der Garage.“ Ihre Worte kamen nur sehr langsam; das Sprechen kostete ihr offenbar viel Kraft. Es schien, als wollte sie noch mehr sagen, unterließ es aber aus irgendeinem Grund.

Als ich mich zum Gehen wandte, streckte sie ihre zittrige Hand nach mir aus und hielt mich am

Handgelenk fest. Mich durchfuhr es wie ein Stromstoß; es war eine Erfahrung, die ich noch nie zuvor erlebt hatte, als würde ich von einem plötzlichen Gnadenstrom erfasst.

„Was ist?“, fragte die Frau. „Etwas beunruhigt Sie. Etwas, das Sie gesehen haben.“

Ihr in die Augen zu schauen war so, als ob ich in eine ansteigende Meeresflut schauen würde. Sie zog die Brauen in die Höhe, noch bevor ich anfangen konnte zu sprechen, dann huschte ein wissendes Lächeln über ihre Lippen.

„Mein Mann hat Ihnen also die Macht des Schnees gezeigt.“

„Ja, und ich habe etwas Furchtbares gesehen.“

„Sie haben etwas Zukünftiges gesehen?“

„Die dritte Schale. Ich habe den Schnee aus Versehen hineingetan ...“ Meine Stimme wurde leiser und ich hatte das Gefühl, das Zimmer drehe sich um mich. „Die letzte Szene der Gegenwart zeigte einen Unfall und in meiner Eile nahm ich den falschen Topf.“

„Das macht nichts. Es tut mir nur leid, dass Sie das allein durchstehen mussten.“

„Ich m-muss es wissen“, stammelte ich. „Ist das, was ich gesehen habe, das, was *kommen kann* oder das, was *kommen wird*? Ich will wissen, ob es so kommen muss, oder ob die Zukunft noch beeinflusst werden kann."

„Und Sie wollen wissen, wie *Sie* die Zukunft ändern können, falls Sie sie beeinflussen können?"

„Ja."

Die alte Frau blinzelte, dann schloss sie die Augen und hob einen Finger und malte etwas Unsichtbares in die Luft. „Eine einzige Schneeflocke verändert die Struktur des Schnees. Eine einzige Entscheidung verändert den Lauf eines Lebens. Was wie ein Zufall aussieht, verändert alles. Wie die Schneekugel, die Sie an Ihrem Hochzeitstag zerbrochen haben."

„Woher wissen Sie das?", fragte ich. Diese Geschichte hatte ich nicht einmal meinen besten Freundinnen erzählt. Wir hatten damals eine Nachbildung dieser Schneekugel gekauft und den Eigentümern nie erzählt, was passiert war.

Sie hielt die Augen immer noch geschlossen und ihre Hand fiel auf die Decke. Die Frau bewegte die Beine unter der Decke, und Reue streckte sich. Seine Beine zitterten, als er jeden Zentimeter seines Körpers bewegte. Dann kuschelte er sich wieder eng an sie.

Als mein Blick wieder zum Gesicht der Frau

wanderte, lächelte sie und zeigte ihre alten Zähne. Bei diesem Lächeln gingen mir endlich die Augen auf. Der abgebrochene Zahn. Die hellbraunen Augen. Ihr Gesicht war eine Art Spiegel, der mir Zukünftiges zeigte.

Ich sah mich selbst.

Ich trat zurück und rang nach Atem. Fragen purzelten mir durch den Kopf. „Das kann nicht sein … Sie können doch nicht …“

„Doch, ich bin es.“

„Aber, wenn Sie es sind … dann ist Jay … Jacob?“

„Ja.“

„Aber warum habe ich ihn nicht erkannt? Wie konnte ich so blind sein?“

„Erinnern Sie sich an die Geschichte von den zwei Jüngern, die auf dem Weg nach Emmaus waren?“, fragte sie.

Offenbar stammte diese Geschichte aus der Bibel, aber ich brachte sie nicht mehr ganz zusammen.

„Sie erkannten Jesus, den sie liebten, nicht, während sie neben ihm hergingen“, sagte sie. „Ihr Schmerz hatte ihre Augen blind gemacht. Und dann setzten sie sich zusammen und er sprach mit ihnen. Er öffnete ihnen mit seinen Worten die Augen und ihre Herzen brannten in ihnen.

„Sagen Sie", fuhr sie fort. „hat das, was Sie in dem schmelzenden Schnee gesehen haben, in Ihnen die Sehnsucht nach einem Neuanfang geweckt, nach einer zweiten Chance? Danach, dass Ihr Leben anders weitergeht?"

„Ja", antwortete ich mühsam.

Sie schaute tief in meine Seele hinein und hielt mir beide Hände hin. „Dann ist es das. Was Sie hier sehen, ist genauso möglich wie das, was Sie im Schnee gesehen haben. Keines davon ist bis jetzt Wirklichkeit. Sie können sich entscheiden."

Ich setzte mich aufs Bett; die Luft im Zimmer schien dünn zu werden. „Aber da ist so viel Schmerz. So eine große Distanz zwischen ihm und mir. Wir können nicht einfach wieder von vorne anfangen."

„Glauben Sie, das wüsste ich nicht? Ich weiß, was Sie durchgemacht haben."

Ich starrte ins Feuer und fragte mich, warum es nicht herunterbrannte. Man braucht doch Holz, damit ein Feuer weiterbrennt. Man braucht Hoffnung, damit eine Ehe am Leben bleibt.

„Sie sind also nicht real? Sie sind also genauso wie die Frau, die Erik geheiratet hat?"

Obwohl ihr Körper deutlich die Spuren der Zeit

zeigte, konnten sie die Freundlichkeit, die auf ihrem Gesicht und in ihren Worten lag, nicht überschatten. „Sie haben ein Geschenk bekommen, das nur wenige empfangen, weil sie offen für dieses Geschenk sind. Sie haben zwei verschiedene Zukunftsszenarien gesehen, zwei verschiedene Wege, die vor Ihnen liegen können."

„Können", sagte ich. „Es ist also noch nicht entschieden? Die Zukunft kann noch beeinflusst werden?"

„Ja. Aber das, was sein könnte, wird nicht sein, solange Sie sich nicht entscheiden, auf Ihren Mann zuzugehen. Was sein könnte, wird man nie erfahren, wenn man es nicht ergreift. Sie werden die Freude und Zärtlichkeit einer lebenslangen Liebe nie erfahren, wenn Sie nicht dafür kämpfen. Ich weiß das jetzt. Die Frage ist: Werden Sie das tun? Oder begnügen Sie sich mit etwas anderem?"

„Die Kinder", sagte ich. „Wie wird in Ihrer Version der Zukunft das Leben meiner Kinder aussehen?"

„Die Kinder haben ihre eigenen Herausforderungen zu bestehen, egal, wie ihre Eltern sich entscheiden", sagte sie. „Deren Entscheidungen haben auch Folgen. Aber ich kann Ihnen versichern, dass sich das, was Sie heute Nacht entscheiden, auf Ihre Kinder auswirken wird."

Etwas Warmes breitete sich in mir aus wie heiße Schokolade … oder eher wie warme Sonnenstrahlen. Aber in mir regte sich auch Angst.

„Ich habe mich so sehr bemüht. Ich habe so lange an unserer Beziehung gearbeitet."

„Es geht nicht darum, dass Sie sich noch mehr anstrengen müssen. Am Ende geht es nicht darum, dass Sie das Richtige tun oder dass er richtig reagiert. Es geht darum, dass Sie Ihre eigene, begrenzte Sicht aufgeben. Es geht nicht darum, wie weit Ihre Fantasie reicht. Sondern darum, dass Sie Gott erlauben, etwas zu tun, das Sie selbst nicht tun können. Darum ging es schon immer. Das galt für die zwei Männer auf dem Weg nach Emmaus und gilt auch für die Männer, die heute Abend draußen auf der Straße unterwegs sind."

„Ich habe also eine Chance, diese Sache in Ordnung zu bringen …?"

Sie schüttelte den Kopf. „Es geht nicht darum, etwas in Ordnung zu bringen. Es geht darum, gute Entscheidungen zu treffen. Auf einem guten Weg einen Fuß vor den anderen zu setzen, auf einem Weg, der Sie an einen Ort führt, auf den Sie stolz sein können, egal, welche Reaktionen Sie ernten."

„Jetzt verstehe ich gar nichts mehr. Sie versprechen

mir also nicht, dass ich einen Mann bekommen werde, der einen Hund kauft und mir Suppe kocht und ans Bett bringt? Einen Mann, der anderen Menschen, die Eheprobleme haben, helfen will? Sie sind nicht sicher, dass das eintreten wird?“

„Vor Ihnen liegen zwei Wege und unbegrenzte Möglichkeiten. Mit jeder Entscheidung, die Sie treffen, können Sie jetzt den einen oder den anderen Weg einschlagen. Aber wenn Sie diesen Schritt nicht gehen, werden Sie nie erfahren, was aus Ihrer Ehe werden könnte und welches Leben Sie anderen schenken könnten.“

Reue setzte sich auf dem Bett auf, stellte wieder die Ohren auf und schaute aus dem Fenster. Durch das Schneetreiben sah ich undeutlich, wie gelbe Scheinwerfer die Dunkelheit durchdrangen.

„Wer hat seinen Namen ausgesucht?“, fragte ich und deutete mit dem Kopf zu dem Hund.

„Jacob“, sagte sie. „Der Name ‚Reue‘ soll deutlich machen, dass aus dem Bedauern einer Sache etwas Gutes entstehen kann, wenn man eine gute Entscheidung trifft.“

Ich tätschelte dem Hund den Kopf und legte der Frau eine Hand auf den Arm. „Ich verstehe das noch nicht alles. Aber danke.“

Sie lächelte. „Jetzt beeilen Sie sich. Gehen Sie zu ihnen. Sie haben Ihre Entscheidung schon getroffen. Das sehe ich."

An der Tür drehte ich mich noch einmal um. Der Hund lag auf der Decke und ihre Hand lag auf seinem Kopf. Dieses Bild ließ mich nicht mehr los, als ich im Dunkeln die Treppe hinunterlief und sah, dass das Feuer im Wohnzimmer-Kamin fast erloschen war. Meine Schuhe waren trocken. Ich zog sie schnell an und schlüpfte in meinen dünnen Mantel. Ich fand die Schlüssel und öffnete das Garagentor. Das riesige Auto bewegte sich wie eine Schildkröte durch den tiefen Schnee und legte dann an Geschwindigkeit zu und rollte über den Rand der asphaltierten Einfahrt. Schlingernd und rutschend fuhr ich in Richtung Straße. Da der Allradantrieb aktiviert war, ließ ich die Räder durchdrehen und versuchte, so viel Schwung zu bekommen, dass ich vorankam, aber nicht so viel, dass ich die Kontrolle über das Fahrzeug verlieren würde.

Die Straße wirkte verlassen und Jays Reifenspuren waren unter dem wehenden Schnee fast verschwunden. Im Rückspiegel sah ich das schwache Licht, das aus dem Fenster im ersten Stock fiel, und dann verschwand das Haus hinter dem dichten Vorhang aus leise fallenden Schneeflocken. Ich brauchte mehrere Minuten, um die Hauptstraße zu finden, dann bog ich zu schnell nach rechts ab; der hintere Teil des Autos scherte aus. Ich steuerte gegen und fuhr schlingernd um die Kurve, bekam dann wieder die Kontrolle über das Auto und lenkte es wieder auf die Mitte der Straße zurück.

Ihre Worte – *meine Worte* – hallten während der Fahrt in meinem Kopf wider. *Eine einzige Entscheidung kann den Lauf eines Lebens verändern. Sie werden die Freude und Zärtlichkeit einer lebenslangen Liebe nie erfahren, wenn Sie nicht dafür kämpfen.*

Schneeflocken landeten tausendfach auf der Windschutzscheibe. Ich schaltete das Fernlicht ein, aber die Sicht wurde nicht besser. Sie wurde sogar noch schlechter, da die Schneeflocken jetzt in Wellen niedergingen und der Wind von der Seite über die schneebedeckte Straße wehte. Ich habe noch nie von einem Schnee-Tsunami gehört, aber falls es so etwas gibt, befand ich mich mittendrin.

Ich trat auf die Bremse, als es steil bergab ging, und rutschte nach rechts. Die Kiefern gleich hinter dem Straßenrand kamen mir bedrohlich nahe. Ich nahm den Fuß von der Bremse, da ich dachte, ich wäre von der Fahrbahn abgekommen, aber das Auto blieb auf der Straße und fuhr geradeaus weiter. Ich konzentrierte mich so sehr darauf, auf der Straße weiterzukommen, ohne über den Rand zu stürzen, dass ich die gelbliche Licht der Scheinwerfer erst sah, als ich direkt vor ihnen war. Ich hatte nur zwei Möglichkeiten: Ich konnte versuchen auszuweichen. Oder ich trat auf die Bremse und hoffte. Instinktiv trat ich auf das Bremspedal.

Die Straße neigte sich nach links, und sobald ich auf das Bremspedal trat, rutschte das Auto in die Kurve und auf das grelle, gelbe Licht zu. Die Scheibenwischer arbeiteten auf Hochtouren, der Wagen bewegte sich nach links und meine Scheinwerfer beleuchteten das andere Auto, das sich gerade überschlagen hatte. Noch mehr leuchtendes, gelbes Licht.

Im Bruchteil einer Sekunde sah ich durch den Schneesturm hindurch die Gesichter meiner Kinder, meine Mutter und meinen Vater, meine Schwester und meinen Schwager beim Beten – und meinen Mann. Jacob schaute durch die gesplitterte Seitenscheibe des Autos. Neben ihm erkannte ich Jay, die ältere, weisere, mitfühlendere Version von ihm. Sie wichen zurück und stellten sich auf den unausweichlichen

Zusammenprall ein. Ihre zwei Gesichter verschmolzen zu einem …

„Nein!“, schrie ich und konnte weder lenken noch das Auto anhalten. Ich warf die Hände vors Gesicht und hielt mir die Augen zu, und zum ersten Mal, soweit ich zurückdenken kann, schickte ich ein Gebet aus tiefstem Herzen zum Himmel. „Gott, hilf mir! Zeige mir, was ich tun soll!“

Schlussakkord

Dieses Gebet war das Letzte, an das ich mich erinnerte, bevor ich die Augen aufschlug. Alles um mich herum war verschwommen. Ich erkannte die Stimme, dann sah ich ein Gesicht.

„Mama!“, rief Becca. „Sie ist wach! Sie ist aufgewacht!“

Becca war nicht älter und hatte kein weinendes Baby; sie war wieder meine Tochter, so wie ich sie kannte. David und Justin standen neben ihr vor dem Krankenhausbett. Sie schauten mich mit großen Augen an und umarmten mich, so gut sie das angesichts der ganzen Kabeln und Monitore konnten. Mein Kopf fühlte sich an, als wäre er ein paarmal um die eigene Achse gedreht und mit einem Hammer bearbeitet worden. Ich legte vorsichtig eine Hand an mein Gesicht und fühlte einen Verband, der um meine Stirn gewickelt war. Mit der anderen Hand, in die eine

Kanüle gelegt war, tastete ich zum Nachttisch, auf der Suche nach einer Tasse, denn mein Mund war furchtbar ausgetrocknet. Becca nahm das Glas und hielt mir den Strohhalm an die Lippen. Diese kurze Erinnerung genügte, und vor meinen Augen verschwamm wieder alles, dieses Mal wegen meiner Tränen.

„Wir haben uns Sorgen gemacht, Mama", sagte David. „Weil ihr nicht nach Hause gekommen seid."

„Aber Becca hat sich gut um uns gekümmert", ergänzte Justin.

Beccas Augen funkelten. Sie beobachtete mich und tat so, als interessiere sie das, was die Jungen sagten, überhaupt nicht. Es war, als sähe ich mich selbst in einem Spiegel.

„Ihr drei habt das großartig gemacht", sagte ich. „Es war super, dass ihr die Decken ins Wohnzimmer geholt und die Sofas zusammengestellt habt."

„Woher weißt du das?", fragte Justin.

Ich schwieg einen Moment. „Ich habe mir gedacht, dass ihr das machen würdet."

Eine Krankenschwester kam herein, um meine Vitalwerte zu messen, und die Kinder traten etwas zurück, um ihr Platz zu machen. Auf dem Namensschild an ihrem weißen Kittel stand „Amanda".

„Wie fühlen Sie sich, Mrs Ebenezer?“ Sie wickelte etwas um meinen Arm, horchte mich mit ihrem Stethoskop ab und schaute mir in die Augen.

„Ganz gut“, antwortete ich. „Wirklich gut. Wie lang war ich bewusstlos? Was ist heute für ein Tag?“

„Es ist Weihnachten“, antwortete David. „Du musst nach Hause kommen, damit wir unsere Geschenke auspacken können.“

„Vorher müssen wir deine Mama untersuchen und sichergehen, dass es ihr auch wirklich gut geht“, sagte Amanda. „Der Puls ist gut. Der Blutdruck ist gut.“

„Sie haben gesagt, du hast eine Gehirnerschütterung“, sagte David.

„Wirklich?“, fragte ich. „Deshalb fühlt sich mein Kopf so an, als wäre auf ihm herumgehämmert worden.“

„Wie stark sind die Schmerzen?“, Amanda schaute mir in die Augen. „Auf einer Skala von 1 bis 10.“

„Sie liegen ungefähr bei 5, würde ich sagen.“ Ich setzte mich langsam auf und in meinem Kopf drehte sich alles. „Ich will nach Hause.“

Amanda lächelte. „Wir müssen uns erst noch mal ihre Gehirnerschütterung anschauen. Legen Sie sich einfach zurück.“

Ich befolgte ihren Rat und drückte den Kopf fest auf das Kissen. Ich drehte ihn zum Fenster und schaute, wie draußen die Flocken zur Erde rieselten. Der Schneesturm war vorbei und die Schneeflocken waren kleiner geworden. Sie schienen fröhlich tanzen zu wollen. Plötzlich ergriff mich Panik und ich schaute Becca an.

„Wo ist euer Vater? Geht es ihm gut?"

Sie legte eine Hand auf meine Schulter und beugte sich nahe über mich. „Ihr hattet beide einen Unfall, Mama."

Ich wollte mich aufsetzen, aber die Krankenschwester hielt mich zurück. „Wo ist er? Wo ist Jacob?"

Neben meinem Kopf ging ein Alarm los, und es wurde unruhig im Zimmer; eine Schwester führte die Jungen hinaus. Der Lärm drang in meinen Schädel ein und hallte von den Wänden meiner Schädeldecke wider. Becca weinte und ich rief: „Wo ist er? Was ist passiert?"

„Marlee", sagte jemand. Diese Stimme. *Seine* Stimme. Älter, jünger, ich wusste es nicht. Ich schloss die Augen. War die Stimme Wirklichkeit oder bildete ich sie mir nur ein? Befand ich mich wieder auf dem Berg oder in der Realität?

„Marlee, ich bin hier", sagte Jacob. „Mach die Augen auf."

Ich sah ein paar Abschürfungen an den Armen und einen Verband um seine Stirn.

„Wie fühlst du dich?", fragte er.

„Komm, Liebes", sagte die Schwester zu Becca, und die beiden verließen das Zimmer. Die Alarmsignale verstummten. Im Zimmer war es still. Nur wir beide waren hier.

„Ich fühle mich gut, glaube ich." Ich konnte nicht anders, als in diese blauen Augen zu schauen. Die Krähenfüße waren fast verschwunden und von der faltigen Haut und den grauen Haaren schien keine Spur mehr da zu sein. Aber er hatte immer noch diese Stimme … dieselbe Stimme wie Jay. Ich legte eine Hand auf seinen Arm und mich durchfuhr ein Stromstoß, ähnlich wie bei der Berührung der alten Frau. Er musste es auch gefühlt haben, denn er schien die Luft anzuhalten und nahm meine Hand.

„Ich dachte, wir hätten dich verloren", sagte er.

„Das Gleiche dachte ich von dir. Was ist passiert?"

„Du hattest recht mit der Bergstraße. Ich hätte dieses Risiko nie eingehen dürfen. Es war zu glatt. Ein Lastwagen streifte uns. Deine Seite bekam das meiste ab."

„Ich erinnere mich an den Lastwagen. Aber dann wachte ich auf und du warst nicht da. Ich stieg aus dem Auto und versuchte, dich zu finden. Und dann stolperte ich über einen Felsen … aber es war kein Felsen …“

Mit gerunzelter Stirn beugte er sich zu mir und sagte sanft: „Du bringst das ein wenig durcheinander. Der Lastwagenfahrer stieg aus und kam zu uns. Er zog mich aus dem Auto, aber du warst auf deinem Sitz eingeklemmt. Die Sanitäter mussten dich herausholen. Sie brauchten bei dem Schneesturm eine ganze Weile, bis sie da waren. Erinnerst du dich an irgendetwas?“

Ich schaute die Bettdecke und dann die Nadel an meinem Arm an. „Es war so real.“

„Was war real?“

„Der Schnee. Ich stieg den Hang hinauf zu diesem Haus. Es war ein Einkehrzentrum. In dem Haus lebte ein alter Mann. Er wartete auf mich.“

Er lächelte und nahm meine Hand. „Nein, tut mir leid, Marlee. Du bist nicht allein aus dem Auto herausgekommen. Dazu brauchtest du die Hilfe von den Sanitätern, die dich auf einer Trage wegbrachten.“

„Jacob, es ist etwas passiert. Ich weiß nicht, ob ich dir das ganz erklären kann, aber es ist, als hätte ich ein Geschenk bekommen.“

„Ich auch", sagte er mit mehr Mitgefühl als gewöhnlich. „Dass du an Weihnachten aufgewacht bist, ist ein Geschenk für die Kinder. Für uns alle."

„Wir haben die Papiere nicht unterschrieben, oder? Wir haben es nicht bis zum Anwalt geschafft, nicht wahr?"

„Nein. Aber er hat immer noch alles vorbereitet. Was? Warum schaust du mich so an?"

„Ich habe eine Frage. Erinnerst du dich an das Eheseminar, zu dem wir einmal gegangen sind? Das Seminar in der Gemeinde?"

Er nannte den Namen des Referenten und den Titel, der über dem Wochenende stand.

„Ja, das meine ich. Es gab ein Konferenzheft. Erinnerst du dich daran?"

„Marlee, du musst dich ausruhen."

Ich setzte mich auf. „Nein, es ist wichtig. Bitte hör mir zu. Es gab ein Konferenzheft; wir sollten uns darin Notizen machen. Erinnerst du dich?"

Er nickte.

„Du hast bei einem dieser Seminare etwas aufgeschrieben. Nur eine Sache. Was war das?"

„Das ist Jahre her."

„Jacob, was hast du geschrieben?"

Er schaute aus dem Fenster und dann auf seine Füße. Er rieb seine Hände und schaute mich dann mit seinen blauen Augen an. „Es war etwas, das der Referent gesagt hatte: ‚Es lohnt sich, für eine Ehe zu kämpfen.'"

Wir schwiegen beide. Er saß auf dem Stuhl und ich schaute ihn fragend an.

„Ich weiß, dass wir uns einig waren, dass die Scheidung das Beste für uns und die Kinder wäre", sagte ich. „Aber ich habe mir überlegt, ob wir es nicht doch noch einmal versuchen könnten."

Er zog die Brauen in die Höhe und auf seiner Stirn bildeten sich Falten. Durchdringend schaute er mich an, während er sich auf seinem Stuhl neben dem Bett nach vorn beugte. „Du hast wirklich einen kräftigen Schlag auf den Kopf bekommen."

„Ja, ich habe eine Gehirnerschütterung." Ich lächelte. „Du hältst mich für verrückt, nicht wahr?"

„Nein, es ist nur eine so große Veränderung. Als würde ein Schalke-Fan plötzlich die Bayern anfeuern."

„Ich habe gestern Abend etwas Sonderbares erlebt. Ich muss es erst noch verarbeiten. Dann erzähle ich es dir."

Er streichelte meine Hand. „Klar. Das können wir machen. Was ist mit der Wohnung, die ich gemietet habe? Was ist mit dem Plan, dass ich ausziehen werde?“

„Ich denke, du solltest nicht ausziehen. Es sei denn, du willst es. Es sei denn, du hast das Gefühl, nicht länger bleiben zu können.“

Er schaute aus dem Fenster. Ich drehte auch den Kopf und betrachtete die Schneekristalle, die an diesem Weihnachtsmorgen im Wind tanzten. Die Sonne warf einen goldenen Glanz auf die weiße Schneedecke.

„Willst du die Wahrheit hören?“, fragte er. „Dass wir dich wiederhaben, nachdem ich hilflos zusehen musste, wie der Krankenwagen dich wegbrachte, und ich nicht wusste, was los war – nicht wusste, ob du wieder gesund wirst oder ob du überhaupt überleben wirst –, hat mich auch zum Nachdenken gebracht.“

Ich schaute ihm in die Augen, und in diesem Moment sah ich Jay, sein älteres, reiferes Ich. „Worüber hast du nachgedacht?“

„Über uns. Über mich. Darüber, was ich alles getan habe, um mich vor dir zurückzuziehen.“ Sein Brustkorb sackte ein wenig zusammen. „Du weißt schon … der Tanz, den wir vollführen, um immer auf Abstand zueinander zu bleiben, um jede Kommunikation zu unterbinden und den anderen nicht an unserem

Leben teilhaben zu lassen. So oft konzentrieren wir uns auf die Kinder und darauf, wie sie damit umgehen werden." Er schwieg einen Moment. „Aber ich muss dir sagen: Ich weiß, dass mein Leben nie wieder dasselbe wäre, wenn wir uns trennen würden."

Ich setzte mich schnell auf. Zu schnell. So schnell, dass ich mir fast die Nadel aus dem Arm gerissen hätte. „Ich muss dich etwas fragen."

„Vorsicht, du tust dir weh."

„Wenn du eine Kleinigkeit an unserer Familie ändern könntest, keine große, riesige Veränderung, nur eine kleine Sache, eine Kleinigkeit, die du bereust, was wäre das?"

Jacob legte beide Hände um meine und ließ den Kopf zwischen seinen ausgestreckten Armen hängen. „Da gibt es so vieles."

„Nur eine Sache. Was kommt dir als Erstes in den Sinn?"

„Wahrscheinlich die Sache mit dem Haustier, von dem die Kinder sprechen. Ich würde ihnen erlauben, einen Hund zu haben."

Ich lehnte den Kopf an das Kissen und schloss die Augen. Eine Träne lief mir übers Gesicht.

„Was? Habe ich etwas Falsches gesagt?"

Ich schüttelte den Kopf. „Nein. Das war eine wunderbare Antwort. Wirklich … wunderbar."

„Wie ist es mit dir?", fragte er.

„Es gibt eine Million Dinge, die ich bereue", sagte ich. „Ich habe dir nie gesagt, wie dankbar ich dir dafür bin, dass du so viel für uns arbeitest. Ich habe dir nie dafür gedankt, dass du uns so gut versorgst. Die meiste Zeit nörgle ich nur, weil du so lange Arbeitstage hast." Ich seufzte. „Vielleicht bereue ich auch, dass ich nur deine Fehler sehe, und dich nicht so sehe, wie du wirklich bist. Ich dachte immer, du wärst derjenige, der sich verändern müsste – und dass ich dann glücklich wäre. Zum ersten Mal kann ich mich jetzt selbst sehen."

Er war überrascht, beinahe schockiert. „Wow. Das ist ja noch viel besser als den Kindern zu erlauben, einen Hund zu haben."

Ich lachte. „Nein. Es ist nur die Wahrheit."

Seine Miene wurde ernst. „Aber ganz ehrlich: Unsere Ehe gleicht schon sehr lange einer Eiszeit. Ich habe nicht viel Hoffnung."

„Das macht nichts", hörte ich mich sagen. „Ich gebe dir etwas von meiner Hoffnung ab."

Ich schaute in die Augen des Mannes, mit dem ich vor so langer Zeit diesen gemeinsamen Weg begonnen hatte; ich sah die Fehler, die Entscheidungen, das Leben, das wir in den letzten zwanzig Jahren geführt hatten.

„Ich habe über die Zukunft nachgedacht." Ich atmete tief ein. „Und ich glaube, sie sieht besser aus, wenn wir zwei zusammen sind."

„Selbst wenn ich am Steuer sitze?"

„Ja. Und ich bin froh, dass du die Abkürzung genommen hast. Wenn du das nicht getan hättest, hätten wir es vielleicht bis zum Anwalt geschafft."

„Vielleicht wirst du das eines Tages bereuen."

„Das glaube ich nicht."

Er schaute mir in die Augen, und dieses warme Gefühl durchströmte mich wieder und hüllte mich ein. „Also gut. Dann versuchen wir es. Sorgen wir dafür, dass etwas Gutes dabei herauskommt."

Die Kinder standen an der Tür.

„Ich glaube, das haben wir schon", sagte ich und betrachtete den Wirbel in Davids Haaren. „Wir müssen nur kämpfen. Nicht gegeneinander. Sondern darum, dass wir zusammenbleiben. Und das Nötige tun."

„Das kann eine Weile dauern."

„Wir haben Zeit. Und ich habe gelernt, dass ein gutes Feuer Wunder wirken kann."

Jacob rutschte zu mir ins Bett. Einer nach dem anderen kamen die Kinder ins Zimmer gelaufen und sprangen auf das Fußende des Bettes.

Draußen wurde der Schneefall stärker. Entscheidungen, die wie Barmherzigkeit auf die Erde fallen. Die Szene fühlte sich wie ein Anfang an. Wir waren unvollkommene Menschen, die das vollkommene Geschenk auspacken. Dort, in diesem Krankenzimmer, lernte ich, dass es auf der Erde keine kahle Stelle gibt, an der die Liebe nicht einen Garten zum Blühen bringen kann.

Nicht einmal unser Herz ist davon ausgenommen.

Nachwort

„Wann sagen wir es den Kindern?"

Als Eheberater gehen mir diese sechs Worte immer sehr zu Herzen. Ehepaare treffen jeden Tag Entscheidungen, die vielleicht nicht so folgenschwer erscheinen wie eine Scheidung; aber genauso wie der Schnee, der vom Himmel fällt, bringen uns unsere Entscheidungen entweder näher zueinander oder treiben uns weiter auseinander.

Ich sage Ehepaaren in meinen Beratungsgesprächen, dass sie sich an die Hoffnung klammern sollen, die ich für sie habe. Ich sage Ehepaaren, die zu meinen Eheseminaren kommen, dass Scheidung nicht unbedingt die Lösung ist. Einige meinen, eine Scheidung würde alle ihre Probleme lösen und den Schmerz wegnehmen, aber oft kommen dadurch nur mehr Probleme hinzu und die Dinge werden noch komplizierter. Die beste Chance für eine dauerhafte, lebenslange

Liebe hat man, wenn man mit dem Menschen, zu dem man „Ja, ich will“ gesagt hat, zusammenarbeitet. Aber mir ist klar, dass das nicht leicht ist. Das weiß ich. Ich habe das selbst auch durchgemacht.

In den ersten Jahren meiner eigenen Ehe schrie ich zu Gott. Warum hatte er mich mit einer Frau zusammengeführt, die so völlig anders war als ich? Die so viele Dinge falsch sah? Karolyn und ich sind jetzt seit fünfzig Jahren verheiratet. Die ersten Jahre waren wirklich hart, aber jetzt erkenne ich, dass sie mich auf das vorbereitet haben, was ich heute tue. Meine Frau und ich haben eine reiche Beziehung; die Zeit und die Schwierigkeiten haben uns zusammengeschweißt. Ich bin froh, dass wir nicht aufgegeben haben.

Egal, wo Sie in Ihrer Beziehung stehen – und egal, ob Sie Single, verheiratet oder geschieden sind –, hoffe ich, dass Sie durch diese Geschichte erkennen konnten, dass in kleinen Entscheidungen eine große Macht liegt. Wenn ein Herz sich einem anderen Menschen zuwendet, liegt darin eine große Hoffnung. Und letztendlich kommt die größte Hoffnung von einer Liebe, die außerhalb von uns selbst liegt, der Liebe Gottes nämlich, die uns mit ihm versöhnen will. Er war bereit, seinen einzigen Sohn zu unserer Rettung zu schicken. Das feiern wir an Weihnachten. Unser Gebet ist es, dass die Hoffnung seines Kommens Hoffnung für Ihre Beziehungen bringt.

Ein Mensch kann einen anderen nicht ändern. Wenn Sie mit einem beratungsresistenten Jacob oder einer eigensinnigen Marlee verheiratet sind, können Sie den anderen mit Ihren Entscheidungen nicht zwingen, der Mensch zu werden, den Sie gern hätten. Im Gegenteil: Das, was Sie sich von ihm wünschen, ist vielleicht gar nicht der Mensch, den Sie wirklich wollen. Aber wenn Sie sich entscheiden, Ihren eigenen Umgang mit Ihrem Partner zu ändern, verändert sich dadurch automatisch die Chemie in Ihrer Beziehung. Es ist wie eine weitere Schneeflocke im Topf mit dem kochenden Wasser. Fügen Sie noch weitere Entscheidungen dazu, dann muss sich Ihr Partner mit einer Veränderung in Ihrer Beziehung auseinandersetzen. Er hat es plötzlich mit einem Menschen zu tun, der ihm Liebe entgegenbringt.

Ich verspreche nicht, dass alle glücklich sein werden. Aber ich verspreche, dass ein Ehepartner, der in der Ehe auf den anderen zugeht, viel größere Chancen hat, gute Entscheidungen zu treffen. Viele haben die Prinzipien des roten Buches, das im 2. Akt dieser

Geschichte kurz erwähnt wird, als sehr hilfreich in diesem Prozess erlebt. Der Titel des Buches lautet: „Die fünf Sprachen der Liebe". Seit vielen Jahren trägt es dazu bei, Beziehungen zu verwandeln.

Ich hoffe, Jacob und Marlee lesen dieses Buch und entdecken ihre Sprachen der Liebe und lernen, in dieser Sprache miteinander zu sprechen. Und ich hoffe, dass Sie das auch erleben.

Dr. Gary Chapman

Fragen, die Sie ins Gespräch bringen

1. Mit welchen Problemen, die Jacob und Marlee in ihrer Ehe haben, können Sie sich selbst am meisten identifizieren?
2. Als Marlee ihre Vergangenheit betrachtet, sieht sie Szenen, die sie offenbar vergessen oder verdrängt hat. Fällt es Ihnen leichter, sich an das Negative oder an das Positive in Ihrer Ehe zu erinnern? Warum?
3. Marlee bittet Jacob, eine Sache zu nennen, die er bedauert. Wenn Sie aus Ihrem Leben eine Sache nennen müssten, die Sie bedauern – aber die Sie jetzt ändern könnten –, was wäre das?
4. Wie reagieren die Kinder auf den Schmerz in ihrer Familie, obwohl nur Becca von der bevorstehenden Scheidung weiß?
5. In Sprüche 13,12 heißt es: „Endloses Hoffen macht das Herz krank." Wie wichtig ist Hoffnung in ei-

ner Beziehung? Glauben Sie, dass Sie sich an die Hoffnung eines anderen für Ihre eigene Ehe klammern können?

6. Marlee fällt bei einer Ehekonferenz, die sie beide besucht hatten, etwas an Jacob auf. Vorher hatte sie das nicht gemerkt. Was sagt Ihnen das?
7. Am Ende versuchte Marlee nicht, ihre frühere, jugendliche Leidenschaft für Jacob neu zu entfachen, sondern eine neue Sicht davon zu bekommen, was *sein könnte.* Wie könnte eine solche Sicht Ihre Beziehungen verändern?
8. Für Marlee und Jacob wurden zwei Zukunftsszenarien gezeigt. Für welche Zukunft, glauben Sie, werden die beiden sich entscheiden?
9. Im Prolog dieser Erzählung spricht Marlee von Menschen, die das Gefühl haben, den falschen Partner geheiratet zu haben, oder denken, dass ihre Liebe im Laufe der Zeit erstarrt ist. Welche Hoffnung aus Ihrem eigenen Leben oder aus der Bibel würden Sie jemandem mitgeben, der so denkt und fühlt?
10. In der alten Frau sieht Marlee jemanden, der viel mehr über sie, die Bibel und Gott weiß als sie selbst. Was sagt Ihnen das über den Weg zu einer tieferen Beziehung in der Ehe?

11. Marlee sagte auch, dass es auf der Erde keine kahle Stelle gebe, an der die Liebe nicht einen Garten aufblühen lassen könne – und dass nicht einmal unser Herz davon ausgenommen ist. Glauben Sie, dass das wahr ist? Warum oder warum nicht?
12. Jesus kam, um den Blinden die Augen zu öffnen, sowohl körperlich als auch geistlich. Diese Geschichte zeigt die Macht des Sehens. Haben Sie durch diese Geschichte etwas neu in Bezug auf Ihr Leben gesehen?

Ein beeindruckendes Buch zum Thema „Ehe“.

John & Stacy Eldredge:
Das wilde Herz der Ehe
Warum aus beinahe jeder Liebesgeschichte ein Kampf wird. Und was Sie gemeinsam tun können, um diesen Kampf zu gewinnen.

ISBN 978-3-86591-557-3
Gebunden · 256 Seiten

Leblose Ehen. Ein weit verbreiteter Zustand. Wir geben auf, was wir erträumten und wozu wir letztlich geschaffen wurden. Aus viel zu vielen Liebesgeschichten voller Romantik wird schließlich ein verzweifelter Kampf. Eine dauerhafte Liebesbeziehung scheint wie kein zweites Ziel auf dieser Welt zum Scheitern verurteilt.

Doch Ihre Ehe ist Teil einer viel größeren Geschichte. Es geht um das wilde Herz der Ehe, um Leidenschaft füreinander und die Leidenschaft Gottes, wenn es um uns Menschen geht. Es geht um die hohe Berufung der Ehe, die ein Teil des großen Abenteuers Gottes mit dieser Welt ist.

„Verheiratet zu sein kostet Sie alles. Aber die Liebe ist es immer wert.“
John & Stacy Eldredge